衛斯理小説典藏版 62

新之又新的序言，最新的

衛斯理小說從第一次出版至今，歷時已近半世紀，總共出了多少正版，還能計得清，若是連盜版一起算，那就算找外星人來算，也算勿清楚哉！不知能不能也算世界紀錄。

算得清好，算勿清也好，能幾十年來不斷出新版，說明不斷有讀者加入，對作者來說，沒有更值得高興的事了，謝謝所有喜歡衛斯理的人，謝謝謝謝。

倪匡

二〇二〇年六月四日 香港

幾句話

寫了四十多年小說，論者將拙作分為三個時期：早、中、晚。在明窗出版的一批，屬於早期和中期的上半。三個時期的創作風格有相當程度的不同，所以風評不一。本人並無偏愛，但讀友對早期的作品，頗有好評，大抵是由於在早、中期作品之中，主要人物精力充沛，活力無窮，所以使故事曲折多變，小說也就格外吸引。明窗出版社此次重新出版這批作品，正好讓大家來證明這一點。

四十餘年來，新舊讀友不絕，若因此而能有新讀友，不亦快哉！

倪匡

二〇〇五年十一月六日

序言

早在四分之一世紀之前，就曾用「電腦作怪」作題材，寫幻想小說。不過，那時寫出來的故事，還相當輕鬆，因為那時人類和電腦的關係，還不是那麼密切。

在創作幻想故事的三十年來，一直對人類愈來愈依賴電腦感到隱憂。到了原振俠傳奇故事中的《大犯罪者》，設想一個犯罪者，令自己的思想記憶進入電腦，直接指揮電腦的運作，這個犯罪者，立刻變成了全世界無敵的統治者——結果要依靠外星人的力量，才能將他消滅。

在創作那個故事時，「電腦病毒」那回事，還不是很多人知道，電腦病毒是一九八五年五月才正式詳盡地披露內容的。人的思想記憶侵入電腦，可以說是一種更可怕的電腦病毒。

電腦病毒曾令電腦發生畸變，這是肯定的事，正在全世界各地發生着這種畸變。

畸變的結果，必然是不正常，而在強弱如此懸殊的情形下，一些電腦要對付人類，有多少人可以逃得性命？

當然，人類不會害怕——一則是怕也沒用，沒有它不行，二則是，人類有僥倖心，也虧得如此，不然，嚇也嚇死了！

衛斯理（倪匡）

一九九〇年五月十一日

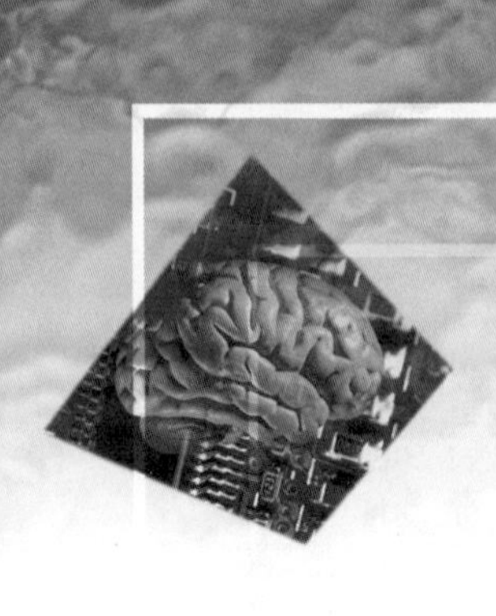

目錄

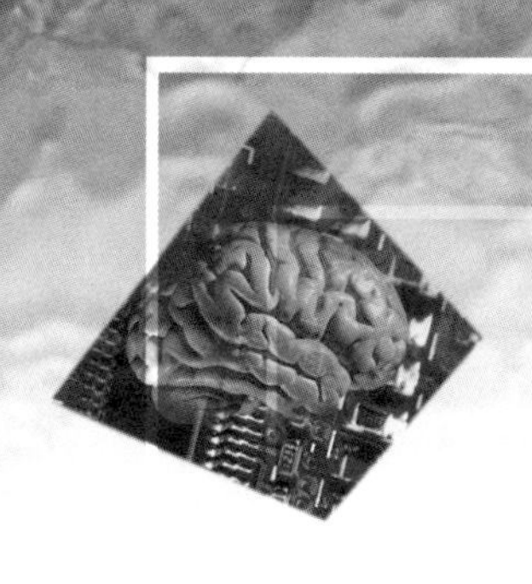

目錄

第一部

兩位一體的怪異現象

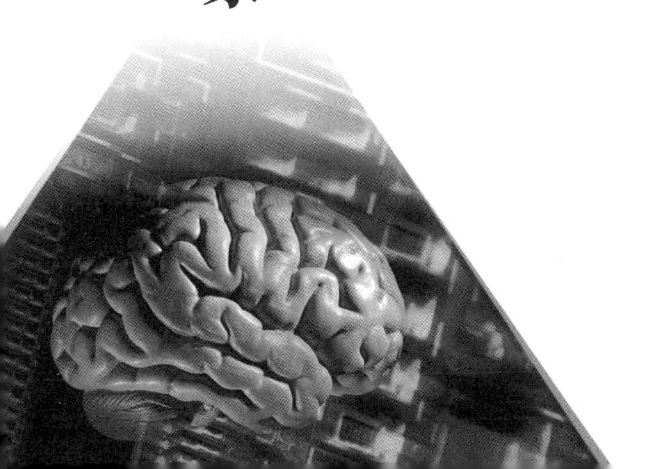

寫了那麼多古古怪怪的故事，也自然每一個故事，都有一個古古怪怪的題目，那天，總覽了一下，發現一個最現成、最普通的名字，竟然沒有用過：「怪物」。

有的時候，先定了名字，再來寫故事，故事寫得出了格，將就不到名字，就不免有點尷尷尬尬、勉勉強強的情形出現。如《大廈》這個故事，寫的是一直上升不停止，不知升到何處去的電梯，其實應該叫作《電梯》才對。又例如《廢墟》，說的是一群古怪莫名的古代孑遺的事，名字也就有點牽強。

可是，用「怪物」來作題目，寫衛斯理的傳奇故事，卻一定十分妥當，因為要在故事之中安排一個甚至多個怪物，實在太容易了——只要故事中一有怪物出現，這個故事題為《怪物》，就錯不了，是不是？

照例在故事之前，有點議論，也很有點和讀者諸君閒話一番的味道。

「怪物」這個名詞，有一處怪的地方——明明是「物」，是沒有生命的東西，可是一旦和「怪」字連在一起，怪物就有了生命，凡被稱為怪物的，都有生命，沒有生命的，只好被稱為「怪東西」。

若問古今中外的小說之中，怪物出現最多的小說是哪一部？自然是我稱之為「天下第一奇書」的《蜀山劍俠傳》，原作者還珠樓主，我刪改增註，前後花了四年多時間（比起曹雪芹的披閱十載，也差不多了），精簡成為《紫青雙劍錄》，在刪的過程中，對書中的怪物，一個也不敢動，因為實在太精彩。那些怪物之中，有六個頭九個身可以化為六個美女的、有只吃不排泄，在地底藏了幾萬年的——只要你想得出來的怪物，書中都有，想不出來的，更多，可稱是小說中的「怪物大全」。

或者又問：衛斯理的故事之中，最怪的怪物，而且沒有寫到最後，還可以大為發展的，是哪一個呢？

答案自然是《密碼》這個故事中的那個大蛹——經過X光透視，蛹中是一個人形昆蟲類的生物，這個蛹，在勒曼醫院中等待出世，出世之後，毫無疑問，是一大怪物，可是這個故事，講的不是這個怪物。

那麼，是不是講的是在苗疆，把溫寶裕擄走的那個怪物呢？那個女野人，在怪物之中，也可以算是怪得可以的！不，也不是，女野人紅綾的關係太重大，要寫她，真得大費周章不可，要把許許多多、提也不願提的往事，全都挖出來——這些往事，由於實在太可怕了，有關人等，不但絕口不提，連想都不願想。

自然，絕口不提是可以做得到的——在那麼多故事之中，真的做到了，連半句也沒有提過。可是要不想，當然是十分困難，也正由於如此，所以不願在筆下提起，反正還有別的故事可寫。

至於萬一到了沒有別的故事可寫時，是寫女野人的故事呢，還是寧願停筆不寫，也真難說得很。

好像已不是「閒話」，而是剖白心聲了，不必再多說；這個故事，寫的究竟是什麼怪物呢？

自然要從頭說起。

從苗疆回來之後，第一件事，就是知道原振俠醫生打電話找過我——老蔡說：「這位原醫生好古怪，久聞大名，可是行事卻有點顛三倒四，他找你們兩夫妻，不在，又說找溫寶裕，我說也不在，他媽媽在，問他是不是要他媽媽聽，這醫生就把電話掛上了，也不知道什麼地方得罪了大國手。」

老蔡發了一輪牢騷，我絕對相信老蔡的叙述，他決不是加枝添葉的人，所以我想了一想，也想不出是什麼地方得罪了他。

我只知道，這位俊俏的原振俠醫生，最近情緒極壞，他找我，一定有事，所以立即找他，可是醫院住所兩不見，不知道他又浪迹何方了。一直到相當久之後，談起來，才知道原振俠為什麼匆匆掛電話的原因，所有在場的人，都笑得肚子痛。

原來老蔡是揚州人，一直鄉音不改，當他說到溫寶裕的母親的時候，溫寶裕的母親，接近一百二十公斤的溫太太，真的是在我住所。可是原振俠絕想不到這一點，他聽到老蔡連說了兩聲「他媽媽」，揚州話中，那已是俚俗粗言了。原振俠解釋：「貴管家已然口出惡言，我還不掛上電話，難道要等着捱罵嗎？」

這可以說是最有趣的誤會，後來我轉達給老蔡，老蔡聽了之後，笑着脫口而出：「他媽媽。」

找不到原振俠，打發了溫寶裕的母親，總算鬆了一口氣，只有一件事，令我頗為不解，我不知道何以白素要為了那女野人留在苗疆。

我真的想不通是什麼原因，而白素又在相當久之後才告訴我，使我瞠目結舌——這且不去說它。且說良辰美景，為了過中國新年，從歐洲回來，一到，知道白素不在，大失所望，又知道白素是在苗疆，又立即表示要到苗疆去，吵着要我和白素聯絡，派那架直升機去接她們——我離開的時候，把杜令的那架直升機留在苗疆，給白素使用。

我心想，良辰美景很有趣，讓她們到苗疆去陪白素也好，可是還未等我和白素取得聯絡，這兩個古怪的少女，卻又改變了主意。

令得良辰美景改變了到苗疆去的主意的，是一雙孿生兄弟。

這一對雙生子，姓陳：陳宜興、陳景德。

陳氏兄弟是一雙十分奇特的雙生子，他們如今的身分，是商業巨子，跨國經營集團的首腦、豪富，在繁盛的商業區，他們兩兄弟各擁有一座六十層高的大廈，而大廈的頂層，有天橋可以互通，頂層佈置奢華，是城市聞名的空中花園。

這對雙生子有着十分奇特的經歷——我和他們不熟，只是在偶然的公眾場合，見過一兩次，可是原振俠醫生和他的女巫之王，卻曾和陳氏兄弟有過交往，說起過他們的奇特經歷。

可以用最簡單的話，來敘述一下他們的怪異經歷。

他們是棄嬰，被收留了之後，就被當作是一項實驗的對象，實驗的目的，是想證明雙生子之間有心靈互通現象，是不是可以擴展為腦部活動的互相交流！

這是一個相當駭人、十分大膽假設的實驗課題，而且，實驗的進行方法，也相當古怪駭人——單是用真人來作實驗，已經駭人聽聞了。

實驗的方法是，把雙生子隔開，一個，給以正常的教育，盡量發揮他的才能。而另一個，則令他在一個完全與世隔絕的環境之中，不給以任何知識，長大之後，就變成一個什麼都不懂的白癡——不是天生的白癡，而是人工刻意培養出來的白癡。

然後，再令雙生子相會，令有知識的人，和人工白癡的另一個，作腦部活動交流，也就是說，把知識通過腦部交流，輸送到另一個人的腦部去。

原振俠醫生在後期，參與了這件事，經過離奇之至，有整個故事的敘述，題名為《變幻雙星》。實驗的結果，完全成功，一個人的知識，進入了另一個人的腦中，兩個人享有同樣的知識，就像一份文件，通過複印，變成了兩份一樣。

我知道陳氏兄弟有這樣奇特的經歷，是良辰美景告訴我的，她們和陳氏兄弟，在一個什麼「雙胞胎協會」之類的組織中相識，雖然陳氏兄弟和她們的年齡，相去甚遠，可是良辰美景卻十分欣賞陳氏兄弟的「成熟男性風韻」，所以雙方成了好朋友——至於雙方之間，有沒有愛情的成分存在，良辰美景不說，我自然也不便問。

良辰美景帶了陳氏兄弟來見我，由於她們的緣故，我自然不好意思拒見，可是陳氏兄弟的言談，不是很有趣，不到二十分鐘，我已連打了三個呵欠，以良辰美景的聰明伶俐程度而言，她們應該知道我已經不耐煩，不必我下逐客令，他們應該自行告辭了。

可是，只見她們不斷和陳氏兄弟交換眼色，並沒有要離去的意思。這等情形，分明是他們有事要向我說，可是又不知怎麼說才好。

於是，我又打了一個呵欠：「有話請說。」

由於我和陳氏兄弟不是太熟，所以習慣上接在「有話請說」之下的那句，「有屁請放」就省略了下來。

良辰美景未言先笑，顯然是必有所求，她們說話的習慣，我以前已詳加敘述過了，她們望着陳氏兄弟：「他們的經歷，衛叔叔你是知道的了。」

我「嗯」地一聲：「知之甚詳，就是你們告訴我的！」

良辰美景又望了陳氏兄弟一眼。我又道：「和他們有同樣經歷的，還有一對姓方的孿生女，一個叫如花，一個叫似玉的，是不是？」

良辰美景笑：「是啊，本來他們四個人，倒是很合適的兩對，可是如花似玉是音樂家，看不起商人，這兩兄弟也不知道在什麼地方，老是得罪人家這藝術家，我們兩個，居中調停了幾次，都沒有效，看來他們是無望的了。」

對於「看來是無望的了」，陳氏兄弟一點也不在乎，只是望着良辰美景笑，看起來，良辰美景絕不討厭他們。本來良辰美景或許有意撮合方家姐妹和陳氏兄弟，但這樣弄到後來，一心作媒人的，反倒自己上了轎子的例子多的是，在眾多複雜的男女關係之中，屬於熱鬧話題，不值得去深究。

我看他們四人，說着把話題拋了開去，所以又提醒他們：「有話請說。」

陳氏兄弟之一（也不知道是景德還是宜興）道：「我們之間的思想交流過程，相當神秘。」

我一聽，不禁挺直了身子，這個話題，我倒是有興趣的——人與人之間的知識直接灌輸和交流，雖然僅在同卵子孿生的雙胞胎中進行成功，但那也是極了不起的一項科學成就，勒曼醫院集中了那麼多精英，又有外星人如杜令之類的幫助，也只不過可以做到給複製人思想和知識！所以，其間的過程如何，我很有興趣知道。因為原振俠醫生、良辰美景，雖然曾參與其事，可是到了最後關頭，他們也不知道情形如何。

我忙作了一個手勢，請他說下去，他皺着眉——陳氏兄弟和良辰美景的說話方式不同，總是由其中的一個開口，但是他們的思想，顯然是一致的，因為一個一皺眉頭，另一個也立刻有同樣的動作。

那一個皺着眉說：「我們被一艘船，帶到一個小島上，那個組織的總部，就在小島之上——那一群人，曾是一個皇族，在歷史上，建立過一個王朝，深受孿生遺傳之苦，所以……」

我打斷了他的話：「這些我全知道，你說自己的經歷就好。」

陳氏兄弟同時紅了紅臉，那一個續道：「上了岸之後，我們和方家姐妹，一起被帶到一間有很多儀器的密室之中，如同科學怪人的電影一樣，被固定在座椅上，頭上連結了許多電線之類的物體……」

他說到這裏，我又打了一呵欠，因為這個過程，殊不刺激。說話的陳氏兄弟之一唉了一聲，那一個也唉了一下：「沒有發生什麼事，就喪失了知覺，等到醒來，我沒有覺得有任何損失，他已經變得和我一樣了——在感覺上，兩個人簡直就是一個人，那情形，比良辰美景她們還要怪……如果我們之中，一個捱了打，另外一個，也會有痛的感覺。」我「嗯」了一聲：「痛感是由腦部神經活動產生的，那不足為奇。」

兩個人一起苦笑了一下，一個捋起了衣袖來，在他的手臂上有紅色的一點，看起來是被什麼昆蟲叮咬的，另一個亦捋起了衣袖，在同樣的部位，也有同樣的一個小紅點！

我看到了這種情形，也有怪誕莫名之感，失聲道：「一個給蚊子叮了，另一個不但會有癢的感覺，而且也會有紅腫。」

陳氏兄弟一起點頭，我立時向良辰美景望去，良辰美景搖手不迭：「我們可沒有那麼玄！他們……兩個人之間，像是有無數無形的聯繫，就像是鏡子中的影子一樣，一個不論發生了什麼事，都必然在另一個身上發生。」

我吸了一口氣：「這種奇怪的情形，本來在雙生子之間很常見，可是如果到了這種地步，卻也未曾聽聞過，可能是你們兩人曾經有過思想交流的緣故。」

良辰美景笑着，指着陳氏兄弟：「他們兩個人，其實等於是一個雙頭怪物。」

陳氏兄弟的神情相當尷尬，我笑嘆：「別胡說！說他們是一個人有兩個身體，還比較恰當些——當然，這種情形，也夠怪的了。」

良辰美景忽然話頭一轉：「衛叔叔，你說，描寫各種各樣怪物最多的一部小說，是《蜀山劍俠傳》，其中可有他們這樣的情形？」

我聽得她們這樣問，不禁失笑：「那部小說中的怪物，都不是人類，不是怪蟲，就是怪獸。也有一個怪人，叫作黑醜，是有三個身體，可是卻是連體人。」

陳氏兄弟問：「希臘神話之中的怪物也很多，個個都怪得不可思議，有的有許多頭，有的三個人合用一顆牙齒等等。衛先生，良辰美景說，你曾經有過一項假設，說神話中的怪物，有可能全是異星人，所以才會有各種各樣、古怪之至、匪夷所思的形體。」

我點頭：「只是假設，但很有可能，尤其是在有系統的神話之中，這種可能性更高。」

說到這裏，我有點明白他們前來的目的了，我指着陳氏兄弟：「怎麼？你們疑心自己可能不是地球人？」

陳氏兄弟顯然正有這樣的懷疑，所以兩人默然不語，只是神情焦急地望着我，良辰美景也十分有興趣，看來他們之間，就這個問題爭論了相當久了，因為沒有結果，所以才來找我的。

我笑了一下：「你們之間的異象，我看是孿生子之間的特殊現象，和你們是外星生物無關——當然，如果你們另有怪現象，那又作別論。」

陳氏兄弟也失笑：「別的沒有什麼古怪，因為被她們取笑得多了，不免有點心中犯忌，所以……才向衛先生來請教一下。」

可想而知，良辰美景和陳氏兄弟已經熟絡到了何等地步，我看到他們狼狽的情形，不禁「呵呵」笑着：「就算是外星人，也不必怕成這樣，我知道有幾個外星人在地球上叱咤風雲，生活得極好，不想回去。」

陳氏兄弟狠狠瞪了良辰美景一眼，作了一個要打她們的手勢，良辰美景揚起了頭，作出一副愛理不理之狀來——陳氏兄弟在商場上，雖說不是頂尖人物，可是也算是相當成功的人物，可是就算是真正的大人物，和淘氣之至的良辰美景在一起，也不免會舉止輕浮起來，何況他們四人之間，還有可能有特殊的感情因素。

我裝着看不見，順口問良辰美景：「你們不是想到苗疆去嗎？」

良辰美景齊聲道：「是啊，你和白姐姐聯絡了沒有？」

我在前面說過，她們要到苗疆去，後來改變了主意，令得她們改變了主意的，是陳氏兄弟——在當時，我問她們之際，她們還沒有改變主意。

我只是在想着這兩個女孩子到了苗疆之後的情形，又想到那個女野人，行動快絕，在懸崖峭壁之上，縱躍如飛，和她們的輕身功夫相比較，不知是誰更擅勝場。

那女野人是自小和猿猴一起生活，才自然而然練成了那等身手的，若是有輕身功夫的訣竅，能得到良辰美景的指點，只怕會青出於藍也說不定。

我想到了這裏，就和他們簡略地說了一下那個女野人的情形，聽得他們四個人，都目瞪口呆，我指着良辰美景，笑着對陳氏兄弟道：「這不算稀奇，她們兩人的來歷，才叫古怪。」

良辰美景一起叫了起來：「不准說！讓他們去猜！」我不禁大笑，良辰美景的來歷古怪之至，要猜，只怕別說地球，就是整個宇宙之中，也不會有人猜得到，但那既然是他們之間的遊戲，我自然不必去破壞。

臨走的時候，陳氏兄弟顯得很高興，連聲說「幸會」，我和良辰美景約好了，叫她們明天一早，就到我這裏來聽白素的消息。

一切看來相當正常，並沒有什麼特別。陳氏兄弟之間的異象，雖然奇特，也可以假設——至於他們由此懷疑自己是外星人，那確然十分有趣。

我在門口，看他們四人上了車，那是一輛相當大的開篷車，車子不是良辰美景的，所以不是鮮紅色，陳氏兄弟在前，良辰美景在後，引擎一發動，轟然作響，車子就絕塵而去。

這四個人，男的不失英俊，女的更是俏麗，自然和怪物的形象沾不到邊，可是若是有人見了一雙一模一樣的男人，和一雙一模一樣的女孩子，同在一輛車內，也難免會嘖嘖稱奇——如果有全城令人矚目的人物選舉，他們一定會當選！目送他們離去之後，才轉回屋內，就聽到樓上書房的電話響，我上樓，取起了電話，就聽到了一個十分急促的聲音：「衛斯理？」

聲音可說不是很有禮貌，但由於我一下子就聽出了他的聲音，所以驚訝異常，心知他找我，一定是有急事，自然也不去計較他的態度了，我先答應了一聲，還沒有問他是什麼事，一旁又有一個聽來十分不滿的聲音傳來：「這是警方的事，不必勞煩衛斯理。」

那在一旁表示不滿的聲音，也是熟人，我也是一聽就聽出了那是警方的高級警官，專門處理特別事務的黃堂——我和黃堂，在好幾件事上，有過交往，對他的印象相當好，但是黃堂和我之間，是不能成為十分親熱朋友的那一種交往類型。而我一拿起電話，就直呼名字的那個，卻是亞洲數一數二的豪富陶啟泉！

陶啟泉和我相識更久，在好幾件事上，都或多或少，有他的份。他收養的一個被棄的女嬰，竟然成了女巫之王，是原振俠醫生的密友，這個女嬰的來歷和經歷，也古怪得不可思議。

這時，我定了定神：「什麼事，陶大老闆？」

陶啟泉悶哼了一聲：「扯蛋！有點事，想請你幫忙查一查。」

這時，黃堂的聲音又傳來：「陶先生，我堅持，這是警方的職責。」

陶啟泉大是不耐煩：「警方由警方查，衛斯理由衛斯理查。」

他們在電話那邊亂七八糟地吵，陶啟泉更像是肯定了我一定會替他去查案子一樣，未免令我有點啼笑皆非，而且，也莫名其妙，可是我至少知道一點，一定是一件十分嚴重的事，不然，不會牽涉到超級大豪富陶啟泉和高級警官黃堂。

我還沒有再發問，陶啟泉又道：「你能不能來一次？」

我又好氣又好笑：「陶翁召喚，敢不應命？可是尊駕何處？」

陶啟泉又說了一句：「扯蛋！我在辦公室。」

我嘆了一聲：「那請你先通知警衛部門，不然，我在超過十度關卡盤問時，可能會忍耐不住脾氣。」

陶啟泉忙道：「自然，你來，沒有什麼人敢問你半句話。」

第二部

八個要人的離奇失蹤

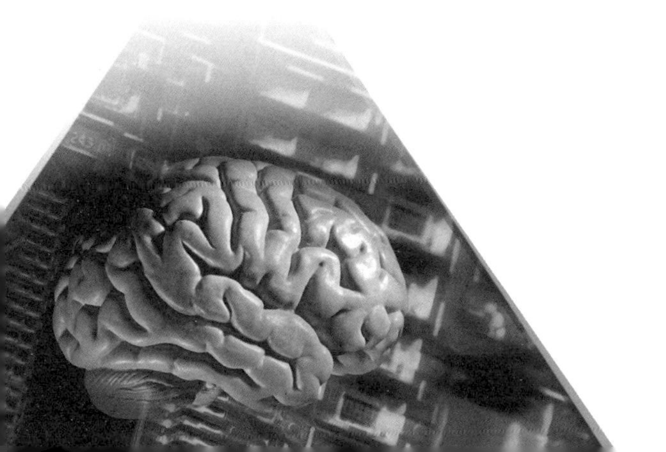

我心想，這也難說得很，很有些新來的，根本什麼人也不認識的。

我聽得陶啟泉在對黃堂下逐客令：「你可以走了。」

黃堂卻道：「我要留下，你和衛斯理的交談，可能正是警方想要的資料。」

陶啟泉勃然大怒：「這是什麼話！就算是在一個警察國家，也不會有人公然這樣說。」

陶啟泉雖然財大氣粗，可是黃堂這個人，也不是好吃的果子，他竟然頂了回去：「就算在民主國家之中，人民也有協助警方辦案的義務。」

我在電話之中，聽到他們爭執不已，知道再下去，只有情況更壞，所以我忙道：「陶翁，黃堂是我的老朋友，有他在場，對事情只有好處，沒有壞處，請不要太堅持己見。」

陶啟泉對着黃堂大吼一聲：「不是衛斯理說情，我就叫人把你轟出去。」

黃堂如何反應，我在電話之中，無由得之，但是可想而知，他必然嗤之以鼻。半小時之後，我到了陶啟泉的辦公室之外，才知道黃堂的處境——他可以說是忍辱負重，叫我十分佩服。

黃堂並沒有在陶啟泉的辦公室之中，他還是被趕了出來，他在辦公室的門口，身為高級警官，卻在八名護衛員的監視之下，十六隻眼睛盯着他看，簡直把他當成了採花大盜一樣，這樣的環境，滋味實在不會很好，所以他的神情，難看之極。

他看到了我，才鬆了一口氣，自然而然叫了起來：「天，你終於來了。」

他才一叫，辦公室的門打開，陶啟泉以他超級豪富之尊，竟然親自拉開門，衝了出來，滿面怒容，指着我，大聲道：「衛斯理，我和你談話，若是要受人監視，不如你回去吧。」

黃堂針鋒相對：「你不喜歡在這裏說，可以到警局去說，隨你的便。」

陶啟泉冷笑：「你這種態度，只好對付小販。」

我仍然不知道發生了什麼事，但是從這情形來看，事情相當嚴重，那是一定的了。

我和黃堂交換了一個眼色，黃堂現出十分堅決的神情來，表示他決不退縮，不達目的，誓不干休。我嘆了一聲，對他道：「有時，為了目的，軟言相求，比堅持原則要有用得多。」

黃堂立時道：「我為什麼要——」

可是，他話說到一半，就陡然住了口，吞下一口口水，轉向陶啟泉：「陶先生，事情十分嚴重，衛斯理也未必解決得了，有我在一旁，對事情多少有點幫助。」

陶啟泉當然是明白人，知道人讓一分，我退一步的道理，所以他悶哼一聲，什麼也不說，只是向我和黃堂一起擺了擺手，作了一個請進的手勢。

我和黃堂，在跟着陶啟泉走進去的時候，伸手在黃堂的肩頭之上拍了一下，稱讚他的隨機應變，黃堂發出了一下苦笑，我對他剛才所說，「衛斯理也未必解決得了」，並不生氣，只是由此更可以知道事情的嚴重性而已。

陶啟泉的辦公室，自然竭盡豪奢之能事，我們坐下來的所在，其實還不是他的辦公室，只是辦公室外的幾個會客室之一，坐下之後，陶啟泉對黃堂在一旁，多少有點不自在，所以，他故意和我說閒話，問我：「最近和什麼人來往？有沒有瑪仙的消息？」

瑪仙就是他的養女，如今的超級女巫，和原振俠有十分糾纏不清的怪異關係，我也只是聽說她和原醫生之間，好像出了一些問題，但是也不甚了了。

所以我只好順口回答：「在你的電話來之前，我正和一對雙胞胎在一起閒談——你應該知道，陳宜興和陳景德兩兄弟。」

我推測陶啟泉會知道陳氏兄弟，是因為他們全是商界中人，雖然陳氏兄弟在商界的地位，遠不能和陶啟泉相比，可是也算是相當有名的人物，陶啟泉應該知道他們的名字。我特地舉出陳氏兄弟來，是因為在他們身上，有十分異特的現象，這種現象，可以當作話題，使得緊張的氣氛變得輕鬆。

我沒有料錯，陶啟泉果然知道陳氏兄弟，可是他一聽我提到他們之後，反應之奇特，卻叫我一時之間，不知如何才好。

陶啟泉先是陡地一怔，張大了眼睛，望定了我，像是不相信我所說的話，接着，已經坐下的他，直彈了起來，卻又不是面對我，而是去對付黃堂。

他伸手指向黃堂，十分惱怒，所以一時之間，說不出話來。

我說話，他要指責黃堂，這已經夠怪的了，可是那還不算怪，怪在黃堂竟然知道他為什麼要指責一樣，一揚頭，大聲道：「沒有充分的證據，警方不能隨便拘留人。」

陶啟泉這才怒吼一聲：「我的話，還不能算是證據？我以為警方早已採取行動，把這兩個怪物抓起來了。」

黃堂冷冷地諷刺了一句：「陶先生，幸而你只管轄你的商業王國。」

陶啟泉這才倏然轉向我：「這兩個怪物來見你幹什麼？他們求你什麼？」

剎那之間，一切發生的事，簡直是亂七八糟之極。要在這樣混亂的情況下，保持冷靜，是相當困難的事，我只好迅速把事情設想了一下。事情必然和陳氏兄弟有關，因為一提到了他們，陶啟泉就反應異常，而且一連兩次，稱他們為「怪物」——這種稱謂，自然不表示陳氏兄弟真的是什麼「怪物」，而只不過表示陶啟泉心中對他們的厭惡。

而且，在陶啟泉的心目之中，陳氏兄弟不知道犯了什麼事，他認為應該由警方逮捕他們，可是黃堂卻有相反的意見——這可能是他們起了爭執的原因。

令我感到奇怪之極的是，我才和陳氏兄弟在一起，而陳氏兄弟，又絕不像是犯了什麼事的樣子，雖然他們和良辰美景一起來找我，我知道他們無事不登三寶殿，總有些事由的，而且，我也感到他們的神態語言，有點吞吞吐吐，掩掩遮遮，沒有把真的問題講出來。

可是，如果他們真的曾犯下什麼惡行，他們的神態也不會那樣子。我先舉起雙手，示意陶啟泉和黃堂，不要把爭吵繼續下去，然後道：「我一點不知道發生了什麼事，是不是可以有人用冷靜的態度告訴我？」

陶啟泉應聲道：「可以！八個人失蹤了！」

他的那句話，仍然無頭無腦，但總算有了一個開始，而且我迅速地轉念：這失蹤的八個人，一定都相當重要，不然，陶啟泉不會這樣緊張。「八個人失蹤」這件事本身，可大可小，取決於失蹤的八個是什麼人。

我沒有說什麼，等陶啟泉再說下去，陶啟泉悶哼了一聲：「這八個人，全是我企業中的骨幹分子。」

我直了直身子，陶啟泉的企業機構，十分龐大，能被他親口稱為「骨幹分子」的，自然不是泛泛之輩，也都是工商界中的知名人士了！

就在這時，黃堂欠了欠身，把一張紙，交到了我的手中，在那張紙上，有着八人的名字，和簡單的資料，那是一份失蹤名單。

一看到這份名單，我也不禁吸了一口氣，好一會，屏住了呼吸，知道事情確然十分嚴重——不然，陶啟泉不會找我來。

這八個人之中，有兩個是銀行董事長，分別掌管兩家業務十分廣泛的銀行——這兩家銀行若是出了什麼事，會形成巨大的金融風波。另外有一位律師，一家投資公司的負責人，三家大型工廠的首腦，和一個高級行政人員——總裁助手，那麼該是陶啟泉最得力的助手了。

這確然很不尋常，我把視線停在名單上約有半分鐘，才抬起頭來，向陶啟泉望去，陶啟泉的神情，十分激動、憤怒，他道：「你一看名單，就心中有數？」

我皺着眉，緩緩搖了搖頭，陶啟泉提高了聲音：「有一個巨大的陰謀，正在對付我的企業，他們用的是卑鄙的恐怖手段。」

我向黃堂望去，黃堂的面色，十分陰沉。我向陶啟泉作了一個手勢：「先別下結論，這八個人，是在同一情形下失蹤的？」

黃堂自然明白我所指的「同一情形下失蹤」是什麼意思，警方說，八個人同在一艘遊艇上失蹤，或是同在一架飛機上之類，那麼，就有更大的可能是屬於意外。

如果是分別失蹤的，那麼情形就複雜得多，追查起來，也困難得多。

黃堂吸了一口氣：「情形都不同，其中有兩位，是在進入了雙子大廈之後，就沒有再出來，所以陶先生認為和陳氏兄弟有關。」事情漸漸有眉目了，所謂雙子大廈，就是陳氏兄弟擁有的那兩棟一模一樣的大廈，有兩個人在進了這兩棟大廈之後沒有再出來，所以陶啟泉就認定了是陳氏兄弟在作怪——當然，事情可能不那麼簡單，有可能在商業競爭上，陳氏兄弟和陶啟泉，也有利益衝突之處。

我先糾正黃堂的話：「這兩個人，應該說他們進入了雙子大廈之後，沒有人看到他們走出來。」

黃堂連忙道：「是，是，應該是這樣。」

陶啟泉吼叫起來：「那就應該在大廈進行徹底的搜查。他倆在陶氏企業的地位，十分重要，可能正遭受非法的禁錮，警方有責任把他們救出來。」

我不禁皺了皺眉，雙子大廈每棟有六十多層高，不知道有多少房間，要作詳細的搜查，不是不可能，但自然也困難之極。

站在警方的立場而言，自然可以不搜查，就不會去找這個麻煩。

可是看陶啟泉的情形，卻一定要堅持，黃堂在這時候，指着名單上的一個銀行家的名字：「這位失蹤者，是在他管理的銀行大廈失蹤的，那麼，是不是也要搜查七十二層高的銀行大廈？」

黃堂頓了一頓，又指着一個名字，那是陶啟泉的最得力助手：「這位先生，就在陶氏大廈失蹤，那麼，是不是要徹底搜查陶氏大廈？」

我看到陶啟泉的神色難看之極，陶氏大廈高八十層，要徹底搜查，自然困難之至。

我用力揮了一下手：「我不是很明白，什麼叫作『在陶氏大廈失蹤』或『在銀行大廈失蹤』？」

黃堂吸了一口氣：「八個人失蹤的情形相似，也全在昨天發生，兩個進入雙子大廈的，是去和陳氏兄弟商談一宗業務——」

陶啟泉攔了一句：「不是去商談，是和他們去交涉一件業務上的事，所以有律師陪着。」

為了敘述的方便起見，我把八個失蹤者編號，稱之為失蹤者一，失蹤者二……在有必要的時候，再隨時加上他們的身分。

黃堂很詳細地把八個失蹤者失蹤的情形告訴了我，確然大同小異，有相似之處。

失蹤者一和二，是律師和工廠首腦，和陳氏兄弟有若干商業上的糾葛。

（當然不必細敘是什麼糾葛了。）

（有認為寫小說要不刪細節，愈詳細愈好者。）

（若是我忽然在這裏，詳細寫起這宗商業交涉來，照我看，就滑稽得很，要去找精神科醫生看看自己是不是有什麼毛病了！）

他們各有司機駕駛的車子，在上午十時二十分抵達，車子在雙子大廈的停車場，而他們並不在停車場下車，而是車子停在大廈門口，他們就下了車，司機再把車駛向停車場，等他們。

車上有電話，他們如果辦事完畢，電話通知司機，司機就會把車子駛到大廈門口，候他們上車。

我把這個程序說得很詳細，是因為這些，和故事有關係之故。

交涉的經過不是很愉快——警方已作了相當詳細的調查，對於失蹤者一和二的行蹤，調查得十分清楚。

交涉的一方是失蹤者一、二，另一方應該是陳氏兄弟或其中之一。

可是陳氏兄弟卻沒有出席，只派了不是很重要的職員，根本不能作出任何決定，所以預算要相當長時間的談判，只經過了半小時，就話不投機半句多，失蹤者一、二拍桌而起，叫了一聲：「法庭見！」就開始離去。

在離去之際，進入電梯之前，兩人都分別打了電話給司機。兩個司機之中的一個，說收到電話的時候，是十時四十分，也就是說，交涉只進行了二十分鐘左右。

而失蹤者一、二，都是十分知名的成功人士，當他們在雙子大廈門口下車，進入大堂之時，至少有十個人以上，見過他們，其中有三個，看着他們在大廈的五十層走出電梯——那是會議室所在的一層。

他們離開，自然也是從五十層離開，兩個司機一接到電話，立刻把車子自停車場駛出，駛向大廈的門口，大約花了三四分鐘。

司機以為自己一到大廈的門口，就可以見到失蹤者一、二了，可是卻沒有，等了又等，失蹤者一、二還是沒有出現。

在失蹤者一、二搭電梯下來的時候，在第五十層，他們進入的，是一架沒有人的電梯。

可是，當升降機落到第三十四層時，卻有兩個年輕的女職員進入電梯，到二十六層時，又有一個信差和一個職員進入。

而在第十五層之前，所有進入電梯的人，除了失蹤者一、二之外，都已離去，信差在第十六層離開。

而雙子大廈的電梯，和許多大廈一樣，都有幾種。一種，是只到三十層之下，一種，只到三十層以上，再一種，只到十六層以上，一種，每層都到達。

失蹤者一、二搭乘的電梯，屬於第三種，如果在十五層以上不離開，那就直達大堂，中途不再停留。

也就是說，失蹤者一、二，在第十五層到大堂之間，是沒有機會離開電梯的——當然，不是絕對不可以，例如打開升降機頂上的門，就可以抓住升降機的鋼纜爬上去，等等。

以失蹤者一、二的身分而論，他們顯然沒有這樣做的必要，就算是電梯出了故障，也自然會有救援人員來拯救他們。

而這個時候，在大堂等候電梯的人，都沒有發現電梯曾出現故障。

那個信差對警方說的話，黃堂是直接聽到的——一接到報告，警方就大是緊張，黃堂親自出馬，信差說：「我進電梯的時候，有四五個人，我離開的時候，只有兩個人，我在第十六層離開的，那兩個人不斷用英語在交談，我沒聽懂他們在說什麼——我當然聽不懂，若是我懂，我早當大班，不做信差了。」

信差的話，被認為無可能，電梯也沒有故障，失蹤者一、二應該在大堂離開電梯，可是根據那時候在大堂等候電梯的人説，電梯一到，門打開，裏面沒有人，等候的，自然不會去研究何以電梯中沒有人，一擁而入，電梯也就一直維持着正常的操作。

至於失蹤者一、二的司機，在半小時之後，覺出事情不對時，打電話——失蹤者一、二的流動電話，沒有人接聽，這才大起恐慌，他們先到五十樓的會議室去找，自然沒有結果。司機回到失蹤者一、二的辦公室，六小時之後，失蹤者一、二仍然音信全無，方才決定報警，而警方在接到報告的時候，已不止是失蹤者一、二，還有失蹤者三四五六七八，他們都是在大致相同的時間之中，在不同的大廈之中失蹤的。

黃堂深深地吸了一口，望着我：「衛先生，你有什麼意見？」

我道：「先聽聽另外六個人的失蹤經過。」

黃堂道：「有兩個，情形也是有人見他們進入升降機，但是沒有出來；有兩個，分明是單獨在辦公室的，可是秘書去找他們時，就不見了。再有兩個，一個有人眼看他經過走廊的彎角，可是就此不見了。還有一個，也是在乘搭電梯的過程中不見的，不過不是下降，而是上升的時候不見的。」

我皺着眉：「涉及的大廈有幾棟？」

黃堂吸了一口氣：「五棟，包括我們現在所在的陶氏大廈在內，每棟都高五十層以上。」

他在這樣說的時候，我不由自主，感到了一股寒意。八名大有身分的人，在五棟著名的大廈之中失了蹤，對於習慣都市生活，每天必然無可避免要在各種大廈中出入的人來說，是十分令人心悸的事。

我雙手握着拳，一時之間，對這些失蹤事件，作不出什麼假設來，陶啟泉十分不耐煩：「失蹤的人全屬於我的企業，一定有一個大陰謀在進行。」

黃堂向我望來，陶啟泉一再堅持他的看法，說是有一個陰謀針對他的企業，也不是完全沒有道理，現代的商業行為雖然在表面上看來，十分文明，但是商業行為的目的，是為了獲利，利之所在，二十世紀的文明人，和三世紀的古代人，作風原則，維持不變，還是什麼樣的手段都會使得出來的。

黃堂見我不出聲，作了一個手勢：「你曾有過一次經歷，在一棟大廈之中，電梯一直向上升，升到了不知什麼所在——」

我也恰好想到了這件事，所以黃堂說到一半，我就打斷了他的話頭：「情形大不相同，那一次，是有人利用了大廈頂樓的升降機房，作為使時間延遲的實驗室，結果出現了不可思議的時間和空間的變易現象。跟現在連續的失蹤，似乎扯不上關係。」

黃堂苦笑：「那麼，還有什麼別的解釋？」

黃堂在這樣說的時候，斜視着陶啟泉——用這樣的方式看人，當然不是很有禮貌，而且黃堂的神情，也十分古怪，所以陶啟泉立即察覺，憤怒道：「你又想暗示什麼？」

黃堂沉聲道：「那八個人既然全是陶氏企業中的主要人物，會不會他們是奉了命令，為了某種原因，而暫時失蹤幾天呢？」

陶啟泉氣得嘿嘿冷笑：「那麼，請告訴我，他們是奉了什麼人的命令？」

黃堂也發出了「嘿嘿」的冷笑聲，大有「你明知故問」的神態，在陶啟泉憤怒得要揚手拍桌子之前，我道：「黃堂，你誤會了，如果是陶翁下命令，有什麼秘密的商業行為在進行，他們不會勞動警方，更不會找我。」

黃堂可能一直在懷疑是陶啟泉暗中搗鬼，所以他和陶啟泉之間，才會鬧得那麼僵，那顯然是他不知道陶啟泉的為人，我有必要使他了解，所以我的語氣，十分誠懇。

黃堂聽了我的話之後，呆了大約半分鐘，才道：「對不起，我可能誤會了——真對不起，我想，應該對這五棟大廈，進行徹底搜查。」

我皺着眉，想了片刻——八個人失蹤的情形，如此奇特，其中一定有古怪之極的經過在，而所謂「徹底搜查」，是最笨的笨辦法，用笨辦法來對付異常的事，是不是會有效呢？

可是，目前，除了徹底搜查這個辦法之外，也沒有別的辦法可行了。

所以我想了一想之後，緩緩點了點頭：「這……真是警方的事了，要動用許多人力，要我一個人來找，一年也找不遍大廈的每一角落。」

第三部

一棟大廈究竟有多大？

黃堂顯然也想過了搜查工作的困難，所以眉心打結，聲音苦澀：「上頭只怕不會批准大規模的行動！每棟大廈，至少動員八十到一百人，還要是有經驗的人員……或許可以動員警犬……嗯……我看……」

陶啟泉一聲悶哼：「我看這件事，和那兩個姓陳的有關，找他們就行。」

他這樣說的時候，直望着我，我知道他的心意，就把陳氏兄弟為什麼來找我，向他說了一遍，陶啟泉揚眉：「他們沒說過我有兩個要員，在他們的大廈中失蹤？」

我搖了搖頭：「據我猜想，他們甚至未必知道有這樣的事發生。」

陶啟泉神情悻悻然：「過幾天，有一個重要的國際會議要舉行，那八個人之中，有五個非出席不可——他們如果不能出席，陶氏企業會蒙受重大的損失，其他的集團就可能得利。」他說到這裏，頓了一頓：「利益牽涉到數以十億計的英磅，所以，要估計任何手段都被利用的可能。」

我想了一想：「你和陳氏兄弟的交涉，牽涉到了些什麼利益？」

陶啟泉道：「就和那即將舉行的會議有關。」

我來回踱了幾步：「我有一個提議——警方盡可能展開搜索行動，而我去見陳氏兄弟，果真有商業陰謀，問題就很容易解決了。」

黃堂連聲道：「好！好！」

陶啟泉道：「我可不能承擔任何允諾。」

他這樣精明的態度，有時並不令人好感，所以我只是揮了揮手，就在他的辦公室中，和陳氏兄弟聯絡。

等到陳氏兄弟之一聽到我的電話之際——他驚訝莫名：「是衛先生？你要來看我們，那太好了！歡迎！歡迎之至，真的歡迎之至！」

他連說了三次「歡迎之至」，確然是真的歡迎，因為在我到達「雙子大廈」的正門之時，他們兩人已在門口恭候多時了。

常言道：「千穿萬穿，馬屁不穿」，受到了他們這樣的禮遇，我自然很高興，所以對他們的印象也相應變好，在直達他們的辦公室的電梯中，我已把此行來的目的，告訴了他們。

陳氏兄弟皺着眉，互望着，一時之間，竟不知如何反應才好，顯然我來看他們的目的，使他們感到意外之極，過了十來秒，其中之一才失聲道：「天！這老怪物以為我們綁架了他的手下？」

我不由自主揚了揚眉：陶啟泉稱他們為「兩個怪物」，他們又稱陶啟泉為「老怪物」，可知「怪物」這個名詞被廣泛使用的程度。

我看到他們有這樣的反應，也知道先前的估計是正確的——他們和失蹤事件無關，如果說在這棟大廈之中失蹤，就是大廈主人綁架，那麼，有一個失蹤者，在陶氏大廈中失蹤，陶啟泉豈不是也難逃綁架之嫌？

所以，我作了一個手勢，表示相信他們是無辜，然後又問：「你們已知有失蹤事件了？」

陳氏兄弟的神情十分古怪，像是做了錯事的小孩子一樣。這時，電梯停了下來，他們中的一個才道：「我們……我們……今天並沒有處理日常事務，所以，並不……知道這樣的事發生。」

他們這樣說，使我想起剛才和他們聯絡的時候，第一個電話打去，聽電話的職員用十分堅決的語氣回答：「兩位陳先生正在處理緊急事務，不接聽任何電話。」

後來，我記起了他們在我住所臨走時給我的一個直線號碼，這才和他們聯絡上的。

以他們的地位而論，若是有緊急事務要處理，把日常事務放在一邊，那也不是什麼特別的事。

電梯一停，門打開，外面是一個十分寬大的空間，至少有三百平方公尺，幾乎沒有任何佈置，只是在正中放了一座塑像，所以格外顯得寬敞。

我在他們的帶領下，才一跨出電梯，就忽然聽得一下嬌笑，兩個紅影，一個自左，一個自右，向我疾撲了過來。來勢之快，難以形容，可是一到了我面前，立時站定，和我距離極近，幾乎是貼身而立。

能夠有這樣身手的人，自然是良辰美景了。

良辰美景一站定，立時各自揚首，向陳氏兄弟看去。陳氏兄弟齊聲道：「我們輸了。」

在這一剎間，我明白了兩件事。第一件，這一雙孿生子，放棄了日常事務不理，所處理的「緊急事務」，原來就是良辰美景在一起。

第二件，他們和她們之間，必然有一場賭賽，而這場賭賽，又是和我有關的。

我當下就沉下了臉，現出了十分不快的神色。良辰美景一看，就吐了吐舌頭：「我們說，不論我們怎樣向你撲過來，你都會有泰山崩於前而色不變的鎮定功夫，不會慌亂，不會退避，不會出手阻擋。他們不相信，所以才在你一出現的時候試上一試，好叫他們心服，知道世界上真有處變不驚的能人。」

這一雙小丫頭，咭咭呱呱地說着，講的話，又全然都是頌揚之詞，只怕脾氣再大的人，也發作不出來了，而且，也少不免要客氣幾句：「明知你們不會有惡意，有什麼好慌張的。」

陳氏兄弟見我的臉色緩和，也鬆了一口氣，他們立時向良辰美景訴起苦來：「衛先生來找我們，原來是為了——」他們把我來找他們的原因，說了一遍。

良辰美景的反應是，杏眼圓睜，一副憤憤不平的神情，齊聲道：「這姓陶的也太會恃勢欺人了。」

我不禁駭然失笑——因為我想不到陳氏兄弟和良辰美景之間的交情，已到了這樣同仇敵愾的地步。

我道：「不能說姓陶的仗勢欺人——既然有人在大廈失了蹤，總要搜尋，只怕警方的搜索隊，就快出動了。」

陳氏兄弟皺起了眉，良辰美景卻大感興趣，她們道：「要是由我們先把失蹤者找出來，那豈不是好？」

我望着她們，看她們一副興高采烈的樣子，就提醒她們：「喂，我們約好了的，要到苗疆去！」

良辰美景嘟着嘴：「也耽擱下了，找到了那兩個人，再去不遲！」這時，她們以為在大廈中找兩個失蹤者，是十分簡單的事，後來，當然知道不是那麼簡單，也真的耽誤了她們的苗疆之行。

當時，對她們興高采烈的提議，陳氏兄弟的反應，像是並不熱烈，他們把我讓進了一間會客室，良辰美景跟了進來，打開酒櫃，給我斟了一杯酒，像是那是她們自己的住所一樣。

陳氏兄弟這才道：「不論是警方來搜尋，還是我們自己尋找，都是十分麻煩的事。」

這一點，我完全同意。可是良辰美景卻叫了起來：「有什麼麻煩？」

陳氏兄弟嘆了一聲道：「你們不知道一棟大廈究竟有多麼大。」

良辰美景一聽，大是不樂，一翻眼，道：「一棟大廈能有多大？不就是一棟大廈嗎？」

她們這樣說，自然是有賭氣的成分在內，可是我卻有同感，因為感到陳氏兄弟在提大廈的時候，很有點誇張的成分在內，聽他們的語氣，像是一棟大廈，大到了不可思議的地步。

陳氏兄弟並沒有注意到我的反應，只是針對着良辰美景，兩人的神情十分嚴肅，一時之間，並不開口，像是在思索着該如何說，才能說服良辰美景，過了一會，才道：「現代化的大廈，就像是一團團皺了的紙，團在一起，看不出什麼來，可是一展開來，卻有意想不到的許多空間。有的空間看得到，有的空間看不到，有的空間，在大廈建成之後，就再也沒有重現——除非到這座大廈被拆卸，複雜到了難以想像的地步。」

良辰美景聽的時候，聽得很用心，可是陳氏兄弟才一住口，她們就口舌不饒人，兩人用她們的方式反駁：「聽聽他們説些什麼？竟叫人聽不懂，深奧到了這種地步，不就是因為他們各人有一棟大廈嗎？還好他們的大廈只有六十層高，要是有六百層，講出來的話，就成了天書了！」

良辰美景牙尖嘴利，陳氏兄弟力圖講事實，顯然不是敵手，他們漲紅了臉：「世界上根本沒有六百層高的大廈，你們胡説些什麼。」

良辰美景道：「現在沒有，將來就會有，不就是一團團皺了的紙嗎？多團上幾團，六十層就變六百層了。」

我本來很同意良辰美景的話，可是她們愈説愈意氣用事，無理取鬧，所以我提高了聲音：「聽他們進一步解釋，別搶着説話。」

良辰美景給我一喝，作了一個怪臉，總算暫時不再出聲。陳氏兄弟鬆了一口氣，一個道：「雙子大廈建造的過程，我曾參與……雖然我不是建築學家，但是也知道，單是設計圖紙的定稿，已經有好幾千張了。」

良辰美景作出一副「那又怎麼樣」的姿態，十分可惡，但又十分可愛。

當這兩座大廈建造的時候，陳氏兄弟中的一個，還是一個一無所知的白癡，現在，兩人的知識和記憶，經過了交流，自然如同一個人了。

他們又道：「大廈之中，有各種各樣的通道，也有各種各樣暗的通道——包括了給電梯上落的空間，給空氣輸送的管道，讓水到達每一層，讓電到達每一層的通道，尤其是把整座大廈的運作，交託給電腦管理之後，一棟大廈，就像是……像是一個人的身體一樣，一切都照規律運行……」

現代化的大廈，確然是一個極其複雜的綜合，先進的大廈，也由電腦操縱管理，這些，全是事實。可是不但是良辰美景，連我在內，也不知道陳氏兄弟這時如此強調這一點，是為了什麼。

所以，我們三個人的視線，便一起投向他們。

他們又十分認真地想了一想，說出了一句令我們更莫名其妙的話來：「所以，要徹底搜查一棟大廈，根本沒有這個可能。」

我絕找不出他們達到這樣結論的根據，但暫不出聲，良辰美景已叫嚷起來：「是什麼話，誰會阻止？」

想不到這個問題的答案來得極快：「電腦，負責管理大廈運作的電腦。」一聽得這樣的回答，剎那之間，我有一種詭異莫名的感覺。

當時我想到的，還十分簡單，但已極具詭異之感，我想到的是，電腦負責整棟大廈的正常運作，而徹底的搜尋，必然會破壞正常的運作，所以電腦和搜查行為之間，就必然會產生矛盾。

剛才，陳氏兄弟曾把一棟大廈，比喻為一個人，我倒覺得，一棟大廈，和一棵大樹，比較接近，看起來，一棵大樹，豎立着，一動不動，但是從樹根吸收營養水分開始，大樹的樹幹、樹枝、樹葉，每一部分，每一秒鐘都有繁忙之極的活動。

大廈也是一樣，外表看來是靜止的，但是內部活動之頻繁，也超乎普通人的想像，這些內部活動，若都由電腦控制，自然會對搜查，形成一種對抗。

陳氏兄弟剛才說「不知一棟大廈有多大」，引起了良辰美景的反應，如果他們的意思是說「不知一棟大廈有多少不為人知、不為人見的活動」，那麼雖然給人的感覺很怪異，卻又是實在的情形。

我猜想良辰美景在聽了陳氏兄弟的話之後，思路和我一樣，因為在她們的臉上，也有一種透着怪異的神情表露出來。她們道：「你們的意思是，電腦控制了大廈……電腦……不聽人的指揮……和人對抗？」

陳氏兄弟看來，也不是十分明白他們自己所說的話，因此他們的神情，也十分怪異——這種現象，十分值得注意，我可以了解，這是由於他們的思想，雖然有了一種強烈的感受，可是卻又不知道如何適當地表達這種感覺。一般來說，只有那種感覺真的十分怪異，才會有這種情形出現。因為若非感覺怪異之至，人類的語言，通常是可以順利表達的。

陳氏兄弟遲疑了一下，才道：「有點……這樣的意思，可是也不是完全是，我們的意思是，一棟現代化，交給了電腦來管理的大廈，實在太不可測了，有許多隱蔽的運作不為人知，有許多隱蔽的所在，不為人知。」

他們努力想表達他們的感覺，可是到這時候為止，看來並不是很成功。他們向我望來，投以求助的神色，我實在不能幫他們，因為我根本不知道他們想說什麼！我只是向他們做了一個手勢，鼓勵他們努力說下來。

陳氏兄弟各自舔了舔唇：「就拿這兩棟大廈來說，我們對它們，可以說再熟悉也沒有了，在建造之前，就詳細看過每一層的圖紙，對它們了解極深，可是等它們造好了之後，就變得……變得……」

他們說到這裏，頓了一頓，才繼續道：「變得陌生之極了。」

我和良辰美景都不是一下子能明白他們的意思，所以反應一致：「怎麼會？」

陳氏兄弟又各自托了頭，沉默了片刻，這才道：「就像父母對兒女一樣，在兒女小的時候，對兒女的了解反而多，等到兒女長大了，可能變得全然陌生，根本不知道兒女在想什麼。」我皺着眉，在深思陳氏兄弟的比喻，而且，很奇怪何以陳氏兄弟會有這樣的比擬。

而良辰美景則已叫了起來：「這是什麼話？擬於不倫，至於極點。」

陳氏兄弟的態度，異常認真：「還有什麼更好的比擬？」

良辰美景道：「兒女是有生命的，大廈是死物。」

陳氏兄弟嘆了一聲：「剛才我們已經説過，現代化的大廈，是活的，它的活動，有許多甚至是表面化的，可以看到的，例如電梯的升降。」

良辰美景互望着，撇着嘴，一個道：「這兩個人走火入魔了。」另一個道：「可不是，就算是由電腦管理，大廈總是死的。」一個又道：「他們説是活的，怕有一天，活的大廈，會把他們吞掉。」另一個道：「看來他們會下令把大廈炸為平地，再在空地上搭上兩個竹棚。」一個道：「那倒也別具特色。」

説到這裏，兩人肆無忌憚，哈哈大笑起來。

她們恣意在嘲笑陳氏兄弟的見解，説的話也堪稱尖酸刻薄，可是她們的樣子，偏又十分可愛，看她們笑得前仰後合的樣子，作為她們嘲笑的對象，陳氏兄弟雖然神色悻然，卻也發作不得。

他們只是提高了聲音：「被大廈吞了，又有什麼稀奇，不是在這棟大廈中，已經有兩個人被吞沒了嗎？」

他們在這樣説的時候，為了加強語氣，用力在地上頓着腳。由於鋪着厚厚的地氈，當然沒有什麼聲音發出來，但也足以證明他們的態度，十分認真！

我一聽得他們那麼説，心中就陡然一怔——這個説法，奇特之極。他們口中的「兩個人」指的自然是陶氏集團中的兩個重要人物。這兩個人是在大廈之中，神秘失蹤的，陳氏兄弟卻説成他們是被大廈「吞沒」的。

這當真是怪異之極，大廈若是會把人吞沒，一棟六十層高的大廈，可以吞沒多少人？

看陳氏兄弟的樣子，他們説得十分認真，所用的「吞沒」一詞，也是認真的，而不是文學形容，象徵式的。

我的思緒十分紊亂，忽然之間，我想到的，是不知在什麼時候看到過的一則小説還是筆記，説是在一處地方，每到晚上，空中就亮起兩盞明亮的燈光，而在雲霧繚繞之處，有一道沒有梯級的斜梯，伸延而下。於是，看到的人，都以為那是登天的途徑，一傳十，十傳百，傳了開去，聚集了很多人，大家爭先恐後，順着那斜梯向上攀，攀進了雲霧之中。

每天晚上，總有好幾百人攀上去，再也沒有回來，人們仍然一直相信那是登天的途徑，直到一個有道之士出現，才道出了真相，原來，那是一條奇大無比的蟒蛇吞食人的方法：兩盞明燈，是巨蟒的雙眼，那道斜梯，是巨蟒的長舌——人順着長舌爬上去，就自動投進了巨蟒的口中，被巨蟒吞沒了，再也沒有回頭。

那則小說筆記，寫得相當生動，我在這時想了起來，是由於一棟大廈，都不止有一個入口處，每天，不知有多少人，自動投進大廈之中，當然，進去的人，都能再出來，可是，如今就有兩個人，不，八個人，進了大廈之後，沒有出來。

用警方的話，是失蹤了。用我的感覺來說，是神秘消失了。用陳氏兄弟的話來說，是被大廈吞沒了。

陳氏兄弟為什麼會有那麼特別的說法，我知道必有原因，可是這時，我沒有機會反問，因為良辰美景也叫了起來：「這更不像話了，大廈怎麼會吞吃人？把人吞吃了，吞到什麼地方去了？」

陳氏兄弟說「吞沒」，良辰美景又進一步將之理解為「吞吃」，自然更是怪異，但是事實則不變：人在大廈之中不見了。

對良辰美景的責問，陳氏兄弟回答得十分認真：「誰知道？沒有人能知道一棟大廈暗中在進行什麼活動。大廈之中，有太多不為人知的空間，誰知道它利用來作什麼用途？在這棟大廈之中，若是藏着一百幾十個人，想不被人見到，再容易也沒有。」

他們說到這裏，神情駭然，不由自主，喘了一口氣：「同樣的道理，大廈可以窩藏許多根本不知是什麼東西的東西。」

他們在頓了一頓之後，又補充了一句：「只要它願意那麼做的話。」

陳氏兄弟的話，令得聽到的人，進入一種怪異莫名的氣氛之中，良辰美景也顯然受到了這種氣氛的感染，她們還想努力嘲笑他們，可是說出來的話，已不是那麼有力。她們只是道：「看，哪有人自己嚇自己，嚇成了這樣子的。」

陳氏兄弟沒有立即回答，這時，輪到我來說話了，我道：「我想，兩位作了這樣的假設，自然有一定的緣故，是不是可以告訴我們？」

兩人欲語又止，良辰美景這時，神情也變得緊張起來。剛才她們還在不斷嘲諷，可是這時，也十分認真，而且她們的說話用詞，也十分怪。她們道：

「要是這兩棟大廈真的成了精，那也總有辦法可以降妖捉怪的。」

在中國的神話傳說之中，的確什麼都可以成為精怪的，他們說大廈成精，未有先例，連茅舍成為精怪，似乎也沒有聽說過。

本來，良辰美景這樣的話，正好給陳氏兄弟有反唇相譏的機會，可是兩人都神色凝重，嘟着嘴，不出聲。

這使我感到事情的嚴重性，我忙問：「你們曾有過什麼異常的經歷？」

良辰美景雖也有點駭然，可是不忘說笑，她們一起張大了口道：「可是給大廈吞下去過？」

兩人說了這一句，忽然又笑成一團，用手捂住了口，瞪着陳氏兄弟，不住眨眼。

陳氏兄弟沒好氣：「我們沒有被大廈吞沒過，所以，既不是被大廈從口中嘔出來，也不是從大廈的肛門之中滑出來的。」

良辰美景的怪模怪樣，顯然就是這個意思，所以陳氏兄弟一說，她們就不再嬉笑。

我則聽得十分駭然，大廈而有「口」，這還像是語言。而大廈若有「肛門」，那不知是什麼話了，當然是絕無可能之事。

第四部

電腦管理系統作反了

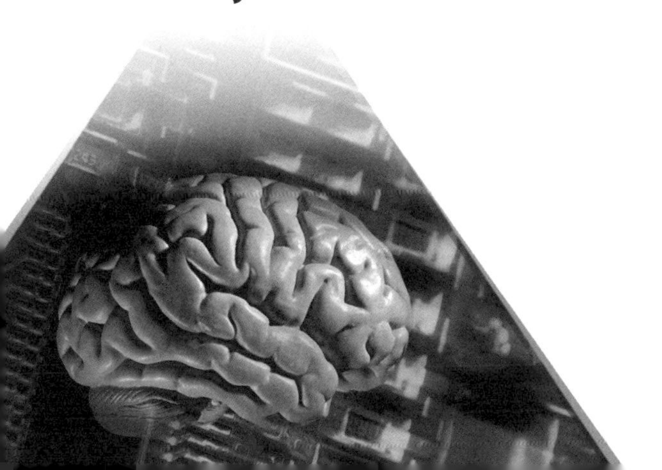

可是，陳氏兄弟偏偏說得十分認真，所以我現出不以為然的神情，用力揮了一下手。

陳氏兄弟默然，反倒是良辰美景又催促起來：「說啊，曾有過什麼怪異的經歷？」

兩人又沉默了片刻，才道：「發生過幾次，正確地說，一共是四次，是不是有更多次，只是不是我們親歷，或是我們沒接到報告，就不得而知了。」

我駭然，不知不覺間，也用上了陳氏兄弟的語氣：「這大廈已吞人吞了四次？」

陳氏兄弟又不禁失笑：「不是人，是物件，是不應該消失的物體，可是卻消失了。」

良辰美景睜大了眼睛，望着他們。陳氏兄弟道：「第一次，是一疊文件——要說明一下，那是準備發給所有員工的一份資料，單一的一份，大約相當於一本一百頁的十六開雜誌。」

他們說到這裏，向我們望來，是在問：「這樣說法，很明確了吧？」

我和良辰美景一起點頭，他們才道：「一共是六千份。」

六千份，那是相當大的體積，而且相當沉重的大件物體了。如果說，六千份資料，竟然會失蹤，那自然是古怪之極的事。

陳氏兄弟續道：「文件是經由傳送系統負責傳送的。」

他們說到這裏，又停了一停，目光投向良辰美景。而兩人果然有不明白的神色。

陳氏兄弟於是解釋：「先進的辦公室大廈，都有傳送系統的設計，二十一樓的某辦公室有一份文件，要送到四十八樓的另一辦公室去，應該怎麼辦？」

他們忽然向良辰美景問起這樣的問題，作為旁觀者，我只好靜聽。

良辰美景道：「按鈴，叫一個小廝來，差他去送。」

她們多半也知道自己的答案一定不對，所以語氣顯得十分猶豫。

兩陳搖頭：「當然不是，大廈在建造的時候，設計了文件傳送系統，在每一個辦公室之間，都可以直接送達。」

良辰美景意似不信，向我望來，我點頭：「如果一棟大廈，建造的目的，只是為了供一個機構使用，就會有這種設備。」

我又補充了一句：「這種設備，都是由電腦中心控制的。如果整棟大廈都由電腦中心控制，那麼，這部分自然也附設其中。」

陳氏兄弟對我的解釋，並沒有異議。這時，良辰美景聽出味道來了，催着問：「那六千份文件怎麼樣了？」

陳氏兄弟的神情相當怪異：「文件一大箱一大箱進入分發中心，操作也一切正常，電腦紀錄顯示，運輸帶根本未曾停止過，可是，可是……」

兩人說到這裏，略停了一停，才道：「可是六千份文件，沒有一份到達它應到的辦公室，就在輸送過程之中，消失不見了。」

他們各自吞了一口口水，良辰美景霍然起立，飛快地兜了幾個圈子，一起嚷了起來：「這不合理，你們就沒有尋找一下？」

陳氏兄弟搖着頭：「你們對於大廈的結構，還是不了解，文件輸送的通道，都是隱蔽式的，在牆和樑柱之間，設計專供輸送文件之用，自然不會佔太多的空間，人根本進不去，怎麼找？」

良辰美景駭然：「那麼，如果出現了故障呢？」

兩陳道：「極少有發生故障的可能，有，電腦會顯示什麼地方有故障，有沿整個運輸通道運行的電視攝像管，可以在熒光屏上看到故障的情形，通常，都不必修理，明白了故障的理由，加以改變，就可以了。」

良辰美景還沒有再問，兩陳已先道：「利用電視攝像管觀察過，六千份文件，一份都沒有發現，都消失了，被大廈的文件輸送系統吃掉了。」

這時，不但是他們，連我和良辰美景，也現出了古怪之極的神色來。

兩陳說的這件事，簡直是不可信的，但是他們又決無理由編出一個這樣的故事來騙我們的。

良辰美景問：「後來呢？」

兩陳苦笑：「哪有什麼後來，一直就不見了，只好重印，在第二次分發的時候，都十分順利。根本整個系統沒有故障，以後，也一直正常——這種事，講出來也不會有人相信，機構中知道這件事的人並不多，我們嚴格禁止知道的人談論和公布出去。」

良辰美景眨着眼：「為什麼？」

兩陳吸了一口氣：「不覺得太妖異嗎？」

我沉聲道：「如果接二連三發生這種事，那豈止妖異而已。」

陳氏兄弟各自伸手在臉上抹了一下：「第二次不見的是一批清潔工具，放在四十六樓的一間儲物室中，屬於事務部門屬下的清潔組所有。」

良辰美景撇了撇嘴：「我們還以為你的大廈先進到了全部由電腦管理，連清潔工作也包括在內。」

陳氏兄弟不去理會她們，自顧自道：「不見的是兩部大型的吸塵機，一批清潔劑，還有一些其他的清潔用品，例如抹布之類。」

良辰美景壓低了聲音：「會被人偷走？」

兩陳搖頭：「誰會冒那麼大的險，去偷那些不值錢的東西？要是有人能有這樣的本領，早偷值錢的了。」

我皺着眉，只覺得事情不可思議之極。他們剛才，曾用了「吞沒」、「吞吃」等詞。消失了的物品，如果真是給大廈「吃掉」了的，那麼，大廈的「胃口」，也就古怪得很，文件和清潔工具，有什麼好吃的。

一想到這裏，我不禁用力搖了搖自己的頭，因為這種想法，實在太荒誕了。

兩陳接着道：「第三次，發生在文件消除處理部門。由於商業行為之中，有許多窺伺秘密的行動，所以一般來說，文件都需經過消除處理——集中在一起，經由一列大型的碎紙機，切成碎片，然後再混在一起，經過壓縮，自動打包，包好的碎紙，送到廢紙再造工廠去處理。」

良辰美景這時，叫了起來：「這是第二次紙張被吃了，看來，你這棟大廈對紙張很有興趣。」

她們嚷叫的，和我剛才的怪誕想法，有點不謀而合。所以我道：「上次不見的六千份文件，是一個大數目，這次不見的是多少？」

陳氏兄弟立即回答：「四噸。」

我大是驚訝：「怎麼會有那麼多？」

陳氏兄弟解釋：「這個處理中心十分先進和自動化，打了包的碎紙，會自動進入一個箱子之中，整齊排列，大箱子可以容納四噸，一等到夠重了，就會自動通知管理系統，管理處就會派人把它處理。」

陳氏兄弟説到這裏，嘆了一口氣：「這種碎紙的回收價格，十分便宜，甚至連一程運輸的費用都不夠，所以，決不會有人偷盜的。」

良辰美景作了一個手勢，示意他們不要打岔，快點叙述經過。

兩陳道：「那一次，一切正常，管理中心得到了該處理的通知，如常地派人去處理——一切處理過程也是自動的——輸送帶會將裝有四噸廢紙的大箱子，送到貨物裝卸的地點，在大廈的一個地窖之中，然後，起重機把大箱子吊上貨車，貨車駛走，十分簡單。可是那一次，大箱子出現之後，起重機一把大箱子吊了起來，起重機的儀表上，顯示的重量，只是一百五十公斤。」

良辰美景聽到這裏，不由自主，發出了一下怪叫聲來，兩人緊緊抱在一起。

我也迅速地轉着念頭，説出了幾個可能，兩陳一一解釋：「通知管理中心的信號不會出錯，因為上一次清理到那次，已有四十多天，廢紙的積聚，確然到了又要清理的時候，而整個系統一直在操作，沒有停頓過，也就是説，那大箱子之中，確然應該有四噸廢紙碎。可是到了大箱子被起重機吊起來之後，四噸紙碎不見了，一百五十公斤，只是那隻大箱子的重量——內中空無一物，連一小片碎紙屑也沒有剩下。」

我盡量壓制着再起怪誕的念頭，十分理智地分析：「照這種情形看來，紙碎是在輸送的過程之中消失的。」

兩陳用力點頭：「是，輸送帶的長程，是一百二十公尺，整個輸送帶經過的通道，都不見天日，也沒有必要有光照。在黑暗之中，究竟會有什麼事發生，誰也不知道，也無法預料。」

我用力揮了一下手：「接二連三，有這樣的怪事發生，你們竟然不作處理？」

陳氏兄弟的語調，雖然還十分客氣，不過也可以看出他們對我的說法不是很滿意，他們道：「衛先生，請問如何處理呢？自然，我們可以向神通廣大，專解疑難的衛先生請教，可是衛先生也未必肯見我們。」

我悶哼一聲：「我並不是『神通廣大，專解疑難』，相信你們也進行過調查？」

陳氏兄弟嘆了一聲：「無從調查起，一切要依靠電腦管理系統提供，而我們獲得的資料是：一切正常。」

良辰美景摟成一團：「電腦管理系統在騙人。」

陳氏兄弟默然不語，神色沉重。

良辰美景又道：「你們這……兩棟大廈，大有古怪，像是成了精怪。」

陳氏兄弟的神情更嚴肅：「我們曾好好想過，並不認為只有在我們的大廈，才有這種怪事發生，其他的大廈也有，極可能，每一棟大廈都曾發生過，但是都像我們一樣，被隱瞞了下來。」

他們略頓了一下，才又道：「這一次，不見了的是人，自然再難隱瞞了。」

陳氏兄弟說的話，相當有理——不見了一批文件，一些清潔用品，一些碎紙，雖然事屬怪異，可是要隱瞞，是十分容易的事，誰也不會追究，但是有人不見，就成為大事了。

良辰美景壓低了聲音：「所有把管理工作交給了電腦的大廈，管理電腦，都在騙人。」

她們在這樣說了之後，忽然又現出極其駭然的神情，向我望來，我知道她們的心意：「你們想到了什麼怪念頭，但說無妨。」

良辰美景眨了眨眼：「那八個人幾乎是在同一時間失蹤的，會不會大廈和大廈之間有聯繫？電腦要聯繫起來，是十分簡單的事。」

我早就料到她們會有怪念頭，可是聽得她們居然這樣說，也不免呆了半晌。她們的話，甚至不是一下子就可以聽得明白的。可是，等明白了她們的意思之後，卻不免令人生出寒意。

良辰美景的意思是，管理各大廈的電腦，互相有聯繫，不但資料互通，也可以串通起來行事，所以，才有八個人幾乎在同一時間內在不同的大廈中失蹤的怪事發生。

她們的這種設想，如果要成立，首先要確定幾個條件，第一，大廈在電腦的控制下，有特異的行動，能令物體或人消失（進行的過程如何，不得而知）。其次，控制大廈運作的電腦，已經不在人類的控制之下，它們所作出的指揮，發出的命令，人類一無所知。

肯定了這兩點，才能有良辰美景的假設。可是，這兩點，又太不可思議，無法肯定。

我把我想到的，說了出來，良辰美景瞪大了眼，陳氏兄弟不住搖頭，顯然是種種設想，都十分詭異，令人有極度的無所適從之感的緣故。

陳氏兄弟訥訥地道：「電腦管理系統……聯合起來……作反……對它們來說，有什麼好處？」

這個問題的本身，就相當怪誕，而他們看問題十分直接，所以用詞也十分古怪，他們曾說過大廈「吞沒」了人，這時，又說大廈的電腦管理系統「作反」——乍一聽，大是不倫不類，可是想一想，卻覺得再恰當也沒有。如果物件的消失，人的失蹤，都是大廈的電腦管理系統幹的事，那麼，還有什麼比「作反」這個詞更適當的？

我聽了之後，默默不語，因為思緒十分紊亂，一時之間，整理不出一個頭緒來。可是良辰美景卻別有反應，她們冷笑一聲：「商人重利，什麼都不問，就問有什麼好處。」

良辰美景的來歷十分奇特，她們保留着相當程度的舊觀念，包括輕視商人在內，所以自然而然，會流露出來。陳氏兄弟顯然已經習慣了，所以並不生氣，反倒「從善如流」，立時改口道：「它們有什麼目的呢？」

良辰美景道：「或許這樣做，會使它們感到高興，是一種樂趣——有許多事，人做起來也一樣，沒有目的，沒有好處，只是為了樂趣。」

陳氏兄弟深深吸氣：「這樣說來，人類和電腦之間的戰爭已開始了。」

良辰美景叫了起來：「你們太後知後覺了，戰爭早已結束了。」

這兩個小姑娘語出驚人，可是她們在這樣說了之後，在陳氏兄弟驚愕的神情中，她們不但向我望來，而且，向我指了一指：「他說的。而且，戰爭的勝方是電腦。」

我嘆了一聲：「我沒有這樣說過，我只是說，人類創造了電腦，依賴電腦，利用電腦，漸漸地陷入了沒有電腦就無法生活的地步。」

良辰美景一呶嘴：「這不是等於人類向電腦投降，電腦戰勝了人類。」

我又嘆了一聲：「如果硬要那樣說，自然也可以。」

一時之間，各人都靜了下來——討論兩個人的神秘失蹤，竟然會達到這樣的結論，自然始料不及，所以一時之間，不知說什麼才好。

打破沉默的還是良辰美景，她們道：「那麼，是不是要徹底檢查大廈的電腦管理系統？」

陳氏兄弟苦笑：「若是它們有心作反，怎麼會給你查到什麼？」

我用力揮了一下手：「你們的想像力太豐富了，如果是大廈的電腦管理系統……作反，而且聯合起來對付人類，那麼，所有在大廈中的人都要遭殃，可是別忘記，我們現在，就在大廈之中。」

我這樣說，目的是想否定這兩對雙胞胎的「豐富想像力」，可是卻料不到，非但否定不了，反倒使他們有了新的啟發。

良辰美景的怪誕想法，如同天馬行空一般，這時，溫寶裕並不在場，他如果在的話，只怕也要對她們甘拜下風。她們先發出了一下驚呼聲，接着道：「不好，它們要是忽然起了殺機，所有在大廈裏的人，真全得遭殃。」

陳氏兄弟立時接口：「是的，它們可以封住所有的出路，不再進行空氣調節，或者使溫度大大提高，截斷電流，圍困所有在大廈中的人。」

良辰美景俏臉煞白，被她們自己的設想嚇得如此，也可算是一絕，她們道：「哪用這麼麻煩，製造一場火災，多麼容易，所有在大廈中的人，都會燒死——」

她們說到這裏，忽然一停，但隨即又叫了起來：「我們快離開這裏，向所有人宣布，叫所有人再也別走進由電腦管理的大廈。」

她們一面說，一面身形閃動，竟然真的想要離去，陳氏兄弟神情猶豫，竟然不知如何才好，情形又是混亂，又是荒誕。

我大喝一聲：「回來！」

良辰美景站在門口，仍是神情駭然：「整棟大廈要是陷進了火海，再不走就來不及了。」

我提高聲音：「你們亂七八糟，說些什麼？好好的怎麼會起火？」

陳氏兄弟卻反駁我的話：「太容易了，大廈的用電，全由電腦控制。要製造泄電，引起火災，是輕而易舉的事情——」

我不等他們說完，就幾乎要揮拳而向，我揚起了手來，滿面怒容：「毀滅了大廈，它們自己也不存在了，學你們的話：對它們有什麼好處？」

一見到我發怒，良辰美景和陳氏兄弟，都不再言語。可是他們雖然不出聲，卻一副不服氣的樣子。若是不讓他們說話，倒顯得我以大壓小了。

所以我又一揮手：「說啊，看你們還有什麼危言聳聽的話。」

良辰美景嘟着嘴：「癌細胞在人體內作反，叫人喪失生命，人死了，它們也跟着死，又有什麼好處？」

我想不到她們會舉出這樣的例子來，一時之間，倒也難以否定。可是陳氏兄弟反倒否定了她們的說法：「這例子不恰當，電腦根本不必死，大廈毀滅，連同毀滅的，只不過是電腦設備，它們的一切資料，都可以在事前轉移出去，繼續生存。」

良辰美景先是一怔，接着就明白了兩陳的意思，失聲道：「是啊，它們的靈魂可以轉移，身體對它們來說，根本不算是什麼。」

說了之後，四個人一起向我望來。我高舉雙手，然後又慢慢放下來，搖着頭：「愈說愈玄了，你們似乎肯定了是大廈的電腦系統在作怪。」

他們並不出聲，只是仍然望着我，不言而喻，他們是在問我：「還有什麼別的可能？」

我說得十分緩慢：「把一些神秘的事，歸於電腦作反，自然是假設之一，可是這個假設，卻無法證實。」

當我這樣說的時候，良辰美景和陳氏兄弟的動作一致：他們先是自己互望一眼，然後，又望向對方。看他們一副心領神會的樣子，像是他們互相之間，已經有了某種約定，可是這時，我卻無法知道他們在打什麼鬼主意。

我又道：「這種假設，十分……超現實，如果現實一點，還是請警方來搜查。」

陳氏兄弟作了一個認可的表示，就在這時，對講機傳來了聲響，兩陳之一按下了掣鈕，有點生氣：「不是說別打擾我們嗎？」

對講機中傳來職員惶恐的聲音：「有一隊警員，帶了警犬，說是要搜查……整棟大廈，帶隊的警官要求先見一見大廈的主人。」

我不等兩陳有反應，就道：「應該請那位警官上來。」

陳氏兄弟接受了我的意見，吩咐了下去，不一會，帶隊的警官上來，正是黃堂。由於事情十分神秘，由黃堂這樣的高級警官親自帶隊，倒也是意料中事。

黃堂見了我，十分高興。一看到帶隊的警官和我相識，陳氏兄弟的敵意，也大大減少。我先向他們介紹了黃堂的身分，這又令他們知道，黃堂並不是普通的警官，自然又增加了幾分敬意。

他們問：「請問如何開始？」

黃堂神情嚴肅：「我們帶來了兩頭警犬，受過特別的訓練，是最好的蘇格蘭搜尋犬，已經使牠們熟悉了兩個失蹤者的氣味。」

良辰美景大感興趣：「憑氣味，就可以把失蹤者找出來嗎？」

黃堂十分了不起，良辰美景和陳氏兄弟，四個人在一起，是一種十分奇特的現象，可是黃堂自進來之後，一直沒有特別的驚訝之色。這時，他的回答是：「理論上來說是如此，剛才，在大堂，牠們一下子就嗅出失蹤者是乘搭哪一個電梯到五十樓的會議室的。」

陳氏兄弟也問：「牠們現在在哪裏？」

黃堂道：「還在大堂。」

我道：「請牠們立即開始工作。」

兩陳的辦公室，有專用電梯，直達大堂，我們很快就看到了那兩頭搜尋犬，看來並不起眼，絕不高大威猛，而是毛色灰暗，像是流浪狗。

第五部

第一刀手的徒弟

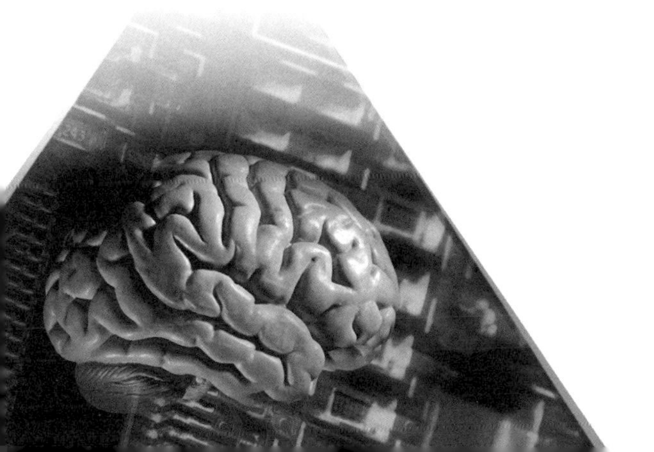

每一頭警犬，都由一個警員負責，這時，兩頭狗都像是十分不安，在團團亂轉，那兩位警員，要緊拉住皮帶，阻止兩隻狗，不讓牠們有太大的動作。

我們一到，黃堂向那兩個警員作了一個手勢，兩個警員略鬆了鬆皮帶，搜尋犬急竄向前，把那兩個警員拉得一個踉蹌，幾乎跌了一跤。

搜尋犬來到一座電梯之前，發出驚人的吠叫聲，仍不斷地嗅着。

這時，大廈的一切運作，並沒有停止，那座電梯恰好到達大堂，門打開，那兩頭搜尋犬在門還沒有完全打開之前，就狂吠着，向電梯內撲了進去。

一看到這種情形，我就大叫了一聲，因為電梯如果是空的，自然沒有問題，電梯中要是有人，這兩頭犬隻的行動，就十分駭人。

黃堂的反應和我一樣，他也叫了一聲。剛才，他向我作了一個手勢，告訴我，失蹤者一和二，當日進入大廈的時候，就是由這座電梯上樓的，可見搜尋犬的嗅覺，是何等靈敏，臉上頗有得色。

可是這時，他也感到狗隻狂撲進電梯去，所可能造成的禍害，也大吃一驚地叫了起來。

可是，我和黃堂的呼叫聲，卻並不能制止事情的發生，只聽得電梯之中，傳來了幾個女人可怕的尖叫聲，接着，便是一個男人的怒吼聲。

這一切，都是在極短時間發生的事，等到一切不正常的聲音發出來之後，電梯的門，才完全打了開來，使人可以看到電梯中的情形——眼前的情景，簡直是混亂之極，需要一一道來。

首先，是那兩個警員，他們狼狽之極——由於犬隻向電梯之中狂竄而出的勢子，十分猛烈，所以他們站立不穩，身子向前一俯，向自動打開的電梯門中，跌仆了進去，兩個警員，其中一個，撞在一個中國男子身上，把那男子也撞得向後跌去。

電梯中人相當多，但由於電梯闊大，倒也不見得擁擠，所以兩頭狗一撲進去之後，可以在人的腿旁亂鑽。

就在這時，第二輪的呼叫聲，又從電梯中傳了出來，仍然是幾個女人的尖叫聲，和一個男人的怒吼聲。

電梯中的人的身分，也可以從他們的外形和裝飾打扮中，得到認別了。

除了那個被警員撞倒的穿西服的中國男人之外，電梯中還有一男三女，都穿着傳統的阿拉伯服裝，當然是阿拉伯人。

這時，在我身後的陳氏兄弟，也發出了一下驚呼聲，我沒有機會去問他們為什麼要驚呼，因為眼前的情形，十分混亂——那個中國男人身子向後倒，人在站立不穩的時候，自然而然，會雙手揮舞，抓住一些什麼，企圖穩定身形的，他雙手揮舞間，一下子就把他身邊，一個阿拉伯女人的蒙臉巾挑了下來。

那是一個身形高大，十分美麗的阿拉伯女郎，當她突然之間，蒙面巾被抓走之後，在她美麗的臉龐之上現出來的那種驚恐，簡直難以形容，瞪大了眼，張大了嘴，連驚呼聲也叫不出來了。

那中國男人在抓走了一個阿拉伯女人的蒙面巾之後，自然仍然未能穩住身體，繼續向後倒去，撞在那個身形壯碩高大、一臉虬髯、十分威武軒昂的阿拉伯男人身上，那男人一聲怒吼，一伸手，就用手臂箍住了那個倒霉的中國男人的脖子——而且絕不是說着玩的，一定箍得十分用力，因為那個中國男人立時神情痛苦，滿面通紅。

這一部分的情形已經夠亂了，可是另一部分，由另外一個警員，仆跌進電梯所引起的混亂，卻有過之而無不及。那警員一仆進去之後，就直接撞在一個阿拉伯女人的身上。

他是低着頭撞進去的，一頭撞在那阿拉伯女人的胸前，那阿拉伯女人發出的尖叫聲，令得那個警員，一時之間，惘然不知所措，以為世界末日了。

而還有一個阿拉伯女人，卻被兩隻搜尋犬，逼在電梯的一角，兩隻狗在狂吠亂拱，令得那女人，也發出一陣陣的尖叫聲來。

情形就是這樣紊亂，在這種紊亂的情形下，首先，應該怎麼做呢？

別人會怎麼做，我不知道，可是我卻一眼就看到，那個被箍住了脖子的中國男人，臉已憋成了紫色，雙眼望上翻白，眼看就要窒息而死了。

這種情形，令我又驚又怒——對一個嚴格遵守傳統的阿拉伯男人來說，他有他暴怒的理由。因為他看來，具有極高的身分地位，那三個阿拉伯女人，可能是他眾多姬妾中的三個。

而如今，莫名其妙，在一秒鐘之間，一個被挑脫了蒙面巾，一個被撞中了胸部，這就足夠他有殺人泄怒的理由了。

可是，這時，他身處文明社會，並不是在他的勢力範圍之內，他自然無權因為這種小小的過失，而隨便出手殺人的，所以，第一件要做的事，就是制止他的行為。

我霍然踏前一步，雙手齊出，先抓住了那兩個警員的後頸——這種手法，扣緊了人頸中的幾個穴道，可以令人在一剎間，變得十分軟弱無力。

接着，我雙臂向後一縮，已把那兩個警員，自電梯中直拖出來，那時，他們自然，也已鬆開了手中的皮帶。

然後，我再踏前，手指彈出，彈在那阿拉伯男人的臂肘「麻筋」之穴，這一彈，會令得他強壯的手臂一陣發麻，有一個短暫的時間，使不出勁來。

而那個中國男子，顯然已完全失去了反應的能力，所以要用我的左手，把他拉出來，而在把他拉出來的同時，我也退出了電梯。

這時，情況已稍為明朗一點了——電梯外有許多人，電梯中，只有那一男三女阿拉伯人，和兩隻還在亂鑽亂拱，不受控制的搜尋犬。

任何人都可以在那個阿拉伯男人的神情中，看出他正在盛怒之中，他先是向我狠狠瞪了一眼，然後，略有不信的神色，望了他自己的手臂一眼。顯然他不明白自己明明是想把那褻瀆了他姬妾的男人箍死的，怎麼會突然之間就鬆了手。

而實際上，這種利用彈中麻筋而使對方的臂力消失的動作，在中國武術之中，簡直是小兒科之至的事。

然後，他又高舉雙臂，雙手緊握着拳，發出了一下怒吼聲來。

這阿拉伯男人，非但高大壯碩，而且貌相威武，氣勢非凡，所以在他的一聲怒吼之下，所有的人聲，暫時靜了一靜，只有兩隻搜尋犬，還在吠叫。

接着，阿拉伯男人以極其純正的英語，叫嚷着：「有人要為這一切付出代價！」

他一開口，等於已把他自己的身分，暴露了一半。

因為自從阿拉伯的土地下，被發現藏有豐富的石油之後，暴發了的阿拉伯酋長們，自己徵歌逐色，盡情揮霍之餘，也很有些，大有遠見，把子弟送到西方去求學的，而且全是在西方世界的最佳學府中求學，很有些學成的例子。像這個阿拉伯男人的一口標準英語，若不是自小學起，就學不會，所以，可以斷定，他必然是阿拉伯的一個貴族。

這時，我聽得被我拉出來的那中國男人，先發出了一下呻吟聲。

接着，便是陳氏兄弟的叫聲：「亞罕親王！」

亞罕親王，自然就是那個阿拉伯男人了，在眾多的阿拉伯部落之中，王子和親王之多，數之不清，但也有掌權的和失勢的分別，看來，這個亞罕親王，是一個掌有實權的重要人物。

這時，亞罕親王並未曾息怒，他雙手握着拳，憤怒得連手背和手指上的體毛，似乎都要根根豎起，發出可怕的吼叫聲，向外衝出來。

看來，他要對付的目標，仍然是那個中國男人。

可是，他若要衝向前去對付那中國男人，就必須先把我推開，因為我正擋在他的面前，而他，連想也沒有想，就這樣做了。

這正是我所希望的——他如不先向我動手，我很難向他出手。他一伸手向我推來，我手腕一翻，五指如鈎，已經抓住了他的手腕，順勢一帶一送，他老大的身軀，站立不穩，向電梯中直跌了進去，撞中了在電梯中的兩個阿拉伯女人。

不等他掙扎站穩，我已經道：「看到了沒有，只不過是無可控制的意外，沒有人需要負任何責任。」

亞罕親王挺了挺身子站定，他神情在惱怒之中，有着驚訝。

在這時候，我踏前一步，用只有他才聽得到的聲調道：「在如今這樣的情形下，最大方得體的處理方法，就是一言不發，帶怒離去，然後，把整件事忘記。」

他雖然穿着寬大的阿拉伯袍，可是仍然可以看到他由於呼吸急促而胸脯起伏。

我那幾句話，是用阿拉伯語說的，這令得他又現出了更多的驚訝之色來。他伸手向電梯外的各人指了一指，惡狠狠地道：「如果你對這一切都負責，你應該接受我的挑戰。」

他也用阿拉伯語回答我，我相信除了那三個阿拉伯女人之外，別人都聽不懂了。

我揚了揚眉，和他對望着：「好，我接受你的挑戰，阿拉伯刀？」

他一聽，先是一怔，接着，陡然轟笑了起來，笑聲響亮之極。

其餘人一定莫名其妙，不知道何以盛怒的亞罕親王，忽然會如此好笑，可是我卻多少知道一些：他一定是用刀的好手。

他的體魄如此魁梧雄偉，不問可知，必然是體育健將，自然對傳統的阿拉伯刀術，有一定的研究。

果然，他笑了一會，才以十分自傲的神態道：「要提醒你一下，我的刀術，在整個阿拉伯都十分出名，你——」

他望着我，忍不住又笑了起來，我吸了一口氣，用這樣的話回答他：「是嗎？阿拉伯刀術，是武術中十分難精的一環——」

當我說到讚揚阿拉伯刀術的話時，這位亞罕親王，有十分自豪的神情。

我繼續說下去：「若干年之前，在阿拉伯，我曾和一位出色的阿拉伯刀手，有過一場生死相拚的較量。他的名字是尤普多，那時，尤普多是費沙族長的麾下。」

我和阿拉伯刀手尤普多的那一場生死鬥，一上來，尤普多刀光一閃，就把我的頭髮，貼着頭皮，削下了一大綹來，他的刀法之精，可想而知，這是一場不知有多少次，從死亡的邊緣掙脫，終於取得了勝利的酣戰，雖然事隔多年，可是一提起來，我仍然不免悠然神往，充滿了自豪之情，使得就算是完全不明情由的人，也可想而知一戰之激烈。

而亞罕親王的反應，就更加強烈了，他一聽到我提到了「尤普多」的名字，就陡然後退了半步，身形微矮，雖然手中無刀，但已擺出了一個刀戰之中，可攻可守的姿態來，十分緊張。

我一說下去，他的口張得老大，眼瞪得滾圓。等我說完，他陡地挺直了身子，叫：「你……你……你……你的名字是衛斯理？」

他叫得很怪，不說「你是衛斯理」，而說「你的名字是衛斯理」，可能他實在覺得太意外了，不能相信。

他也是用阿拉伯語叫出來的，四周圍的人聽不懂他在叫什麼，可是「衛斯理」三個字，卻是不論用什麼語言來叫，發音都是一樣的。所有的人，聽他忽然叫出我的名字來，都驚訝不已。

我的聲音十分平靜：「不錯，我就是衛斯理。」

亞罕親王雙手揮舞了片刻，踏前了一步，吸了一口氣，又吁了一口氣，顯見他的情緒十分激動，然後，忽然說了一句話：「師父知道我東來，曾吩咐過，要是見到了你，向你問候，他說，你是他最敬佩的人，他一輩子也忘不了，嗯，當年見過你們那一場劇鬥的人，都一輩子也忘不了那一場刀戰！」

他一開口的時候，我還有點莫名其妙，可是一聽下去，我就明白了——亞罕親王，是刀術大家尤普多的徒弟。這實在不足為怪，亞罕親王是顯貴人物，他如果醉心刀術，想找一個名師的話，自然會找阿拉伯第一刀手，拜尤普多為師，是順理成章的事。

我呵呵笑了起來，張開雙臂：「令師好嗎？我一生之中，驚險不少，可是真正生死一線，卻是那場刀戰！名師出高徒，想必閣下的刀法，也是好的了。」

亞罕親王也「呵呵」笑着，也張開雙臂，於是，我們就自然而然，作了阿拉伯式的擁抱禮。

剛才，亞罕親王正在盛怒之中，事情不知如何收科才好，可是在一番說話之後，忽然我和他擁抱起來，那當真看得人目瞪口呆。

等到我和亞罕親王分開之後，陳氏兄弟才急急迎了上來，道：「親王殿下，剛才——」

亞罕親王用力一揮手：「剛才的一切，我不向其他人追究，只向衛先生一人追究。」

所有人都向我看來，我知道阿拉伯人的性格，十分強悍，他已經知道了我是什麼人，還是不忘剛才「挑戰」的提議。我淡然道：「對了，現在只是我和他兩人之間的事，嗯，我們會在阿拉伯刀術上，切磋一番——」

我轉向亞罕親王：「請你訂日子。」

亞罕親王一挺胸：「我會和你聯絡——」

我向陳氏兄弟一指：「可以通過他們。」

陳氏兄弟也急忙道：「親王殿下，我們之間的談判，是不是——」

亞罕親王的兩道濃眉一揚，忽然看到了站在陳氏兄弟之旁的良辰美景，現出了十分驚訝的神情，他大手一揮：「再安排時間。」

然後，他撮唇一嘯，大踏步向外走去，那三個阿拉伯女人，被扯脫了蒙面巾的那個，重又戴上了面紗，急急跟在他的後面，也向外走去。

阿拉伯的女人，沒有什麼地位，親王剛才的撮唇一嘯，聲音竟然沒有什麼感情，可能他在呼喚愛犬和獵鷹之時，聲音要親切得多。

亞罕親王和三個阿拉伯女人一走，混亂的場面結束，那兩隻搜尋犬，還在電梯之中，團團亂轉，不過不再高吠，而是發出了一陣「嗚嗚」的聲響。

我向電梯一指：「站在門口幹什麼？進去啊！」

於是一干人等，都進了電梯，包括了黃堂、兩個警員、我、陳氏兄弟、良辰美景和那個陪亞罕親王一起下來的中國男人。

黃堂一進電梯，就按下了「五十」樓的掣鈕。

在那一剎間，我陡地感到，有一個現象，十分值得注意，是一個重要的關鍵。可是，卻只是一個十分虛無縹緲的感覺，無法實實在在地捕捉到什麼——

那令得我緊蹙雙眉，想把其中的主要線索找出來。

一時之間，我卻捕捉不到什麼。當我偶然抬起頭來時，看到良辰美景，她們也眉心打結，在苦苦思索着，顯然她們遭到了和我同樣的困擾。

這時，我聽得陳氏兄弟在責備那中國男人，他們叫着那人的名字：「阿國，你搗什麼鬼，為什麼不用專用電梯，要用普通電梯！」

阿國結結巴巴地道：「專用電梯……壞了，親王又不耐煩等，所以就改搭普通電梯，我已經拒絕了其他人使用電梯，誰知道一到了大堂，會有這樣的事發生。」

阿國是陳氏兄弟辦公室的高級秘書。事情是這樣的：陳氏兄弟約了亞罕親王——他是阿拉伯一個酋長國中十分有權勢的人物，談一筆生意。

生意而要親王親自出馬，交易的數額自然極大，可是陳氏兄弟為了良辰美景的突然來訪，竟然下令「取消一切約會」。

所以，親王來到的時候，並未能見到陳氏兄弟，負責接待的職員，就是阿國，只好撒謊說陳氏兄弟忽然得了急病——唯有如此，才能稍息親王之怒，以亞罕親王之尊，到哪裏都是上賓，哪曾受過怠慢？

而陳氏兄弟和良辰美景說得投機，再加上我又來到，熱鬧之至，他們竟然把約了親王一事忘記了。

親王在兩陳辦公室外的會客室中離去時，已是一肚子的火，可是專用電梯左等不上來，右等也不上來，親王的火氣更大了。

據那個倒霉的，幾乎沒讓親王給箍死的高級秘書阿國說：「親王惱怒得雙手握拳，不住搥打着電梯的門，可是電梯的門，說不打開就是不打開，你是親王又怎麼樣？」

兩陳問：「你沒去問管理處？」

阿國撫着脖子：「問了，我打電話下去，可是卻打不通，連打了十七八個電話，只有一個是打通了的，可是卻又沒有人接聽。這時，親王又怒吼了起來。」

亞罕親王怒吼的是：「這見鬼的大廈，難道就只有一部電梯？」

阿國這才被提醒，大廈當然不止一部電梯，於是忙帶着親王和他的三個侍姬，轉搭另一部電梯，而且在電梯下降的時候，不准別人進來——他知道阿拉伯人的禁忌多，已經算是夠小心的了。可是，電梯一到大堂，門才一打開，還是出現了那樣的混亂，如果不是我在，又恰好和他的刀術師父是相識，亞罕親王不知要怎才肯罷休。

這一切，和我與親王之間的對話，各人是在事情告一段落之後，才弄明白的。

所謂「事情告一段落」，是指搜尋犬的行動告一段落而言。

在電梯上升的時候，我一直想把自己的那種「感覺」，化為實在的線索，可是卻沒有成功。電梯到了五十樓停下，門打開，兩頭搜尋犬又大吠起來，拖着警員，出了電梯，直奔會議室的門口，那正是失蹤者一和二，在這大廈中曾到過的地方，可知搜尋犬十分勝任。

在眾人跟着走進會議室的時候，良辰美景忽然說了一句：「不對啊，我們下來的時候，就是搭專用電梯下來的，好好的，沒有壞。」

我立時向她們望去，和她們交換了一個眼色。所以，當搜尋犬在會議室中亂叫亂轉的時候，我和良辰美景，有如下的對話。

我問：「親王一行人等，應該是從哪一層下來的？」

良辰美景道：「在我們上面兩層——一共有三層，都可以用專用電梯到達，那三層，專供他們兩兄弟作各種用途使用。」

我吸了一口氣：「照時間來看，親王要用專用電梯，應該在我們之前幾分鐘。」

良辰美景點頭：「可是，那時專用電梯卻壞了，親王只好用普通電梯，而等到我們要用的時候，電梯卻又正常了。」

我點頭：「是……這說明了什麼？」

良辰美景搖頭：「不知道，說明了什麼？」

我也沒有答案：「電梯一時有故障，一時又好了，是很常見的現象——這種情形，管理處應該有紀錄，尤其是電腦管理的管理處。」

當我一說到這裏的時候，那種有一個關鍵性的線索的感覺又產生了，而且比較強烈，可是仍然難以具體化。

我揚起手來，停在半空一會，才放了下來，我知道，這種感覺，一次又一次產生，愈來愈強烈，總會有一次，豁然貫通，讓我捕捉到真正的線索，在各種疑難問題上，我有過好多次這種經歷了。

第六部

電梯殺了兩隻狗

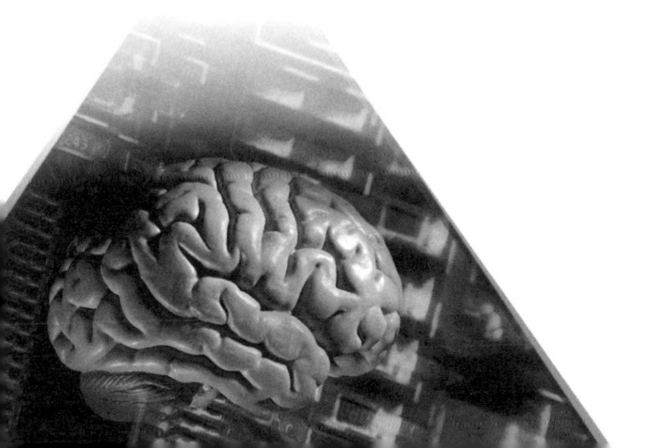

這時，黃堂在向陳氏兄弟解釋：「搜索犬對氣味的敏感程度，到了匪夷所思的程度，你們別看牠們在亂走，事實上，牠們是根據兩個人的行動在走的——當時，兩個失蹤者的情緒，一定十分激動，不然，何以不好好坐着，卻在會議室中到處亂走？」

陳氏兄弟自然知道，失蹤者是被他們故意輕慢的安排所激怒的，所以才「到處亂走」。

不過，他們仍駭然指着犬隻：「怎能做到這一點？」

黃堂道：「人到過的地方，都有氣味留下來，早三秒鐘留下的氣味，和遲三秒鐘留下的，就有分別，搜索犬能分辨得出，所以可以追索失蹤者的行蹤，看，他們離開會議室了。」

兩頭搜尋犬離開了會議室，直來到一座電梯前，大聲吠叫。

黃堂吸了一口氣：「兩位失蹤者，正是搭乘這一座電梯下去的……在十六樓之後……就一直到現在，沒有人見過他們。」

黃堂在這樣說的時候，臉色發白，大家都感到有一種妖異之極的氣氛，一時之間，人人都靜了下來，思索着兩個人在電梯內失蹤這樣的怪事。

也就在這時候，我發出了「啊」的一下低呼聲，用力揮了一下手——我想到了。

從開始就有一個關鍵性的問題存在，可是我卻捉摸不到，我一直想：究竟是什麼事呢？究竟是什麼現象呢？我已經注意到了，知道十分重要，可是為什麼不能將之具體化呢？

很容易有這種情形產生，多半是由於這個關鍵性的現象，十分普遍，只是下意識留意到，所以才無法將之具體化，一定要經過苦苦的思索。

而這時，我想起來了。

我做了一個手勢，示意那兩個警員拉住搜索犬，暫停行動，可是這兩頭犬隻，這時的行動，十分不安，牠們一面吠着，一面在那座電梯前，亂拱亂鑽。

黃堂也看到了我的手勢，他呆了一呆，他不知道我何以要暫停犬隻的行動，可是又在我的神情中，看出事情一定相當嚴重。

他先急急地解釋着：「失蹤者在離去的時候，是乘搭這座電梯離去的。」

就在這時候，這座電梯到達，門打了開來，電梯中並沒有人，兩頭搜索犬在門還未曾完全打開時，就向電梯內直竄了進去。

這種犬隻的體型，不算巨大，可是力氣卻很大，那兩個警員手中拉着皮帶，又被兩隻狗帶得跌向前，看來，在大堂發生的事，又要重演一遍了。

而就在這時候，還未曾全部打開的電梯門，忽然其快無比，以遠遠比正常速度要快的速度，迅速合攏——它快到了這種程度，以致兩個警員在跌向前之際，一伸手，手已按到了合攏的門上。電梯門迅速合攏，就把繫在狗脖子上的皮帶，夾在門縫之中。一時之間，那兩個警員還不知發生了什麼事，只是在發怔。而我是眾人之中，最早醒悟到會有事情發生的——因為我恰在十秒鐘之前，想明白了那個關鍵性的可怕問題。

我陡然叫：「快鬆手。」

我應該是叫得十分及時的，可是那兩個警員，在機智和迅速的反應上，顯然不及格，他們聽到了叫聲，向我望來，神情帶着詢問，可是卻並沒有鬆開手中的皮帶。

在我第二次叫他們快放手之際，良辰美景也叫了起來，她們也看出了事情的危機，她們和我同時叫：「快放手，快！」

接着，她們又補充了一句：「電梯在下降了。」

電梯可能是在門急速合上之後，立刻就下降，而後來，我發現那兩個警員，除非是在一看到電梯門合攏時，立刻就放手，那才能避免慘劇的發生——在我叫了之後，他們就算立刻放手，也於事無補了。

因為皮帶的挽手處，有一個相當粗大的結，電梯門一合攏，這個結就成為阻礙，不能通過關閉了的電梯門。

於是，情形就變成這樣：皮帶受阻在電梯門上，皮帶的一端還在搜尋犬的脖子上，而電梯已向下沉去。結果是，兩隻優秀無比的搜索犬，在電梯下沉時候，身子被吊起來，撞向電梯的頂部。

我們，所有人，甚至沒有聽到那兩頭搜尋犬慘死之前的慘吠聲，因為一切事情，發生得實在太快了。

等良辰美景的叫聲出口，一切都已完成。電梯由於狗隻屍體的阻擋，而停了下來，電腦控制的故障自動警報器，立即發生作用，警鐘大鳴，那部電梯也不再下沉，門上的指示燈，急速地閃動。

一切看來，像是正常之極——有了故障，電腦自動管理系統就發生了作用，那正是大廈使用電腦管理系統的目的。

可是，在電梯外的所有人，都自然而然，靠在一起，一時之間，沒有人說話。那兩個警員這時當然已經鬆了手，皮帶的結，緊貼在電梯的門縫中。

良辰美景首先叫了起來：「電梯殺了那兩隻狗！」

她們叫的話，聽來雖然有點不倫不類，可是卻是事實。是電梯殺了那兩隻狗。是由於電梯的門突然快速關閉，夾住了皮帶，及又飛快地下沉，這才殺死了那兩隻狗，兩隻具有異能的搜索犬。

良辰美景一面叫，一面身形一晃，「砰」地一聲，只見紅影一閃，又推開了一扇門，向下一層奔去，我知道她們的目的，也跟着她們，向下一層奔去。

等我來到了下一層時，我看到她們一邊一個，正努力想把下一層的電梯門推開來——電梯是一個十分古怪的東西，只是一部，可是在每一層，都有一個不開的門。

我說道：「別用蠻力，藉助點小工具，就很容易把它打開來了。」

我一面說，一面指着電梯門上端的一個小孔，同時，我也取出了合用的工具來。

我的「合用工具」，小巧而實用，利用它加上我的經驗，大抵世上有百分之八十的鎖，可以打得開。

我一面去開電梯門，這時，黃堂和兩陳也趕了下來，他們自然知道我想作什麼，兩陳叫：「良辰美景，最好不要看，情形不會好看。」

他們一面說，一面來到良辰美景的前面，想遮住她們的視線。我對他們的行動，十分贊成，因為這時，我已看到在電梯的門縫中，有濃稠的血，正在滲出來，此情此景，簡直就像是刻意營造氣氛的恐怖片一樣。雖然明知死了的不過是兩隻狗，可是也令人感到極度的寒意。

不過，良辰美景並不領情，她們也不在乎，只是冷冷地道：「走開。」

陳氏兄弟亦略為遲疑了一陣，就各自打橫跨開了一步，我在這時，也已經把電梯的門打了開來。

門一打開，血雨如注，那兩頭可敬的搜尋犬，死得難看之極。

試想電梯下墜之力，何等巨大，狗隻的血肉之軀，如何與之抗衡？兩隻狗的頭和身子，只有極小部分還聯結在一起，而當門打開的時候，其中的一隻，終於首、身分離，狗身帶着一蓬鮮血，跌了出來。

我在這時候，向良辰美景看了一眼，只見她們俏臉煞白，可是神情十分堅決。

也就在這時候，有幾個工作人員走過來，男女都有，他們一走近來，自然而然，看到了電梯中可怕的情景，立時有三四個女性，尖叫起來。

可是她們的尖叫聲，才叫了一半，只見紅影閃動，「啪啪」連聲，所有尖叫的女性，卻重重地捱了良辰美景的一個耳光。

良辰美景的行動何等之快，她們要打人，那人就算在五十公尺之外，也未必躲得過去，何況正在身邊。

打了人之後，捱打的女人，摸着臉不知所措，良辰美景卻還怒容滿面，嘆道：「叫什麼，替女性留點面子。」

我不禁嘆了一聲，如果用「暴戾」來形容良辰美景這時的行動，雖然過分了些，但是我確然有這種感覺。她們本來，絕不是隨便出手打人的人，但是眼前所發生的事，實在太怪異了，令人的情緒，起了不可控制的變化，自然也會有異乎尋常的行為。

陳氏兄弟向那些工作人員揮手，令他們離去，一面又大聲吩咐，叫管理人員上來。

我向黃堂望去，黃堂的神色也十分難看，我道：「會有一陣子亂，召多點警員來，維持秩序。」

黃堂立刻下達命令，那兩個帶狗的警員，呆呆地望着兩隻死狗，看他們的神情，像是想撲上去抱住死狗。可是狗死得實在太難看，他們都哭喪着臉，一副不知所措的樣子，十分悲傷。

帶狗的警員，人狗之間，很有感情，狗隻驟然慘死，自然難免傷心。

這時，高級秘書阿國發揮了他的工作能力，另一部電梯打開，幾個保安人員和管理人員，一起衝了出來，是阿國第一時間召來的。

保安人員和管理人員看到了這種情形，也都驚詫不已，陳氏兄弟下了簡單的命令：「用最快的速度，清理一切！恢復正常！」

我估計會「亂一陣子」，當然不會估計錯誤，確實亂了半小時左右，但是我們並沒有全部參與，在死狗被移走，那花費了二十分鐘左右，之後，我們就一起到五十樓的會議室之中，行動是由我帶頭的。

到了會議室之中，沒有人開口，足足有十分鐘之久，良辰美景才重複說她們剛才說過的話：「電梯殺死了兩隻搜索犬。」

兩陳沉聲道：「謀殺。」

黃堂的聲音聽來有點異樣，但是他所說的話，卻恰好切合他警務人員的身分：「計劃周詳的冷血謀殺。」

他們向我望來，我的思緒十分亂，我先舉了舉手，示意他們，別在情緒上太激動。

而就在這時，阿國帶着兩個人，出現在門口，那兩個人自我介紹，一個道：「我是電梯公司派來的工程師。」另一個道：「我是大廈的管理主任。」

我正有許多問題要問他們，所以立即作了一個手勢，請他們進來。

兩人才跨進來，就齊聲道：「那部電梯的運作，已經恢復正常了。」

我示意他們坐下，然後，把剛才發生的事，向他們說了一遍，然後問：「這是什麼現象？」

工程師連想也不想：「意外！這是意外，這種意外，在電梯的運作上，常有發生。」

我對這種回答，十分不滿：「電梯門不依正常速度關閉，也是意外？」

管理主任接過了這個問題：「電流的供應，在那一剎間失調，出現一股高壓電，導致電梯的操作失常。」

兩陳問：「你怎麼知道的？」

管理主任道：「我查了電腦紀錄，全棟大廈的電力供應，都由電腦控制，都有供電過程的紀錄，再細小的變化，都不會錯漏。」

我吸了一口氣：「是什麼原因導致電流供應突變的？」

管理主任攤了攤手：「電腦的檢查結果是空白。」

工程師插言道：「這種意外常有發生，有一棟大廈之中，還有一個工人因為被電梯門夾住了工作服而在電梯下沉時死亡的。」

良辰美景悶哼了一聲：「意外！」

工程師和管理主任顯然不明白我們何以態度如此激烈，互望了一眼，大有怪我們小題大作之意。

我們都不作聲，因為事情那麼複雜，說也說不明白——更重要的是，連我們自己，也不知道究竟是發生了什麼事情。

這時，我很能體會陳氏兄弟說的話：大廈之中，有一些怪事發生，誰也不想把這些怪事張揚開來，反正損失不是很大，大家就都秘而不宣。從這種現象看來，有怪事發生的大廈，只怕絕不止雙子大廈。

兩陳又問了幾句，問不出什麼來，他們向管理主任和工程師揮了揮手，示意他們離去，當兩人站起來的時候，我突然想起了一件事來，問：「陳先生的專用電梯，曾經發生過故障？」

管理主任現出訝異的神情：「沒有啊，專用電梯每日都有專人檢查，絕不會有故障的。」

管理主任說得如此肯定，我們幾個人互望了一眼，又感到了一股寒意。良辰美景問：「專用電梯也是由電腦系統管理的？」

管理主任點頭：「當然。」

良辰美景悶哼了一聲：「整棟大廈全由電腦管理，你這個管理主任管的又是什麼？」

管理主任受到了揶揄，並不生氣，只是冷笑一聲，反諷良辰美景的無知，他道：「我的責任十分重要，負責檢視電腦的運作。」

良辰美景不甘示弱：「所有工作全是電腦做的，是不是，不是你做的。」

管理主任又冷笑：「我何必去做電腦的工作？你們可知道，遠東一個大城市，有最先進的地下鐵路網，每一班列車，都有一個駕駛員，可是這駕駛員並不負責駕駛，負責駕駛的是控制中心的電腦？」

良辰美景眨着眼，一時之間，說不出話來，她們自然知道，人類的生活，因大多依賴電腦的運作，已經進入了受電腦運作控制的地步了，也就是她們剛才所說，人和電腦之間，已不存在戰爭——戰爭已經結束，電腦戰勝，人失敗了！

管理主任得理不認人：「看來，兩位小姐對電腦管理所知不多，如果有興趣，我可以介紹幾本參考書。」

我看到良辰美景受窘，有些不平，向管理主任道：「閣下對電腦的運作所知很多嗎？」

管理主任一挺胸：「我大學課程，是主修電腦的。」

我笑了一下：「那麼，你可知道，人的思想，可以進入電腦，利用電腦嗎？」

管理主任盯着我看了一會，才道：「我是電腦管理專家，不懂得寫科學幻想小說。」

黃堂在這時候，表示不耐煩了，他粗粗地嘆了一聲，兩陳又再度揮手，管理主任和工程師，一起離去。

他們走了之後，又有一個短暫的沉默。

然後，陳氏兄弟才道：「專用電梯，根本未曾有故障……可是在那段時間之中，亞罕親王要用專用電梯，卻無法使用。」

黃堂接口：「於是他只好用普通電梯。」

良辰美景道：「是有人……有一種力量，要亞罕親王用普通電梯，目的是製造事端，如果不是有衛斯理在，那是一場大麻煩。」

想起在大堂中的混亂情形，人人都同意良辰美景的說法。

兩陳又道：「製造混亂的目的，是為了阻擾搜索工作的進行。」

良辰美景提高了聲音：「後來，他們更下毒手，殺害了那兩頭搜索犬。」

黃堂的聲音有點發顫：「你說『他們』，『他們』是誰？」

良辰美景嗖地吸了一口氣：「當然是大廈的電腦管理系統，他們……他們控制了整棟大廈，在大廈中為所欲為，他們在暗中和人類作對，不但吞沒物件，而且吞沒人。」

說到這裏，良辰美景俏臉發白，四面看看，擁成了一團。她們雖然沒有再說什麼，可是她們的意思，再明白也沒有。所有人，現在就在這大廈之中。而電腦管理系統，控制了整棟大廈，可以輕而易舉對付我們。

一時之間，人人向我望來。

我在他們討論的時候，一直沒有表示意見，直到這時，我才先作了一個手勢，示意大家不要太驚惶，我道：「在大堂的時候，有一個相當奇異的現象，不知大家有沒有注意？我覺得這現象很怪，可是也想了很久才想起來。」

良辰美景道：「當時那麼亂，如果是很普通的現象，就很容易被忽略。」

我高舉右手：「當時亂成那樣，當然不會有什麼人一直按着按鈕，令電梯門一直保持開門狀態的，是不是？」我這句話一出口，人人都發出了「啊」的一聲。他們也想到了。

現代的電梯設計，門的開合，都是自動的，若不是按住了「開門」掣，電梯的門，在幾秒鐘之內，就會自動關上，這是任何乘搭過電梯的人，都知道的事。可是，剛才在大堂，在混亂之中，完全沒有人按「開門」掣，可是電梯的門一直開着。

是什麼力量令那電梯的門一直開着？

當然就是忽然令電梯門關上，害死了兩隻搜索犬的那股力量，一股實實在在存在的力量，這股力量，會毫不猶豫地行使，可以在大廈的範圍之內，做出任何事來。

我說出了這個事實來，令得各人心中，更是生懼，神情自然也更加驚惶。每個人心中在想的是同一個問題：現在，身處這棟大廈的五十樓，如何可以離開？在離開的途中，會不會有意外？那並不是自己嚇自己，事實上，有兩個人莫名其妙失蹤，有兩頭狗慘死在有計劃的謀殺行為。

良辰美景自然而然，望向窗外。我明白她們的意思，不禁駭然：「不至於要從外牆攀下去吧。」

即使以她們的本領而論，要在現代化的大廈外牆，攀下五十層，也不是容易的事，她們自然也很知道這一點，可是她們仍然嘟起了嘴：「雖然困難一些，可是……可能比搭乘電梯安全得多。」

黃堂忽然冒出了一句話來：「幸好……還有樓梯可以走——曾經有建築師說，電腦管理完善無比，現代化的大廈，根本可以取消樓梯這種原始的登高工具，幸而沒有人附和。」

兩陳苦笑：「走樓梯就安全了嗎？那是沒有人動用的空間，誰知道他們做了什麼手腳？」

我用力一揮手，大聲道：「各位，雖然我們的設想可以成立，但至少到現在為止，這種力量……他們還沒有開始大規模行動，每天有成千上萬的人在現代化的大廈之中出入，安全無恙。所以，別說爬牆了，走樓梯都不必要。」

各人都不出聲——這是一種十分詭異的情景，事情已經發生了，可是卻還存着僥倖的心理，和別的災害不一樣，這是人類的一個新的災害，人類不能適應，也不知應該如何躲避。

於是，人類就只好在心中自己安慰自己：不會那麼糟吧！可以有轉圜的餘地吧！總是安全的吧！大規模的行動還未開始……

連這時在這裏的幾個人，包括我在內，都有這樣的想法，未能例外。

在一種巨大的災害面前，這是十分可怕的心理，有這種心理，會被災害吞噬。

這時，我們想的，大同小異，兩陳忽然道：「美國的加里福尼亞州。」

他們忽然這樣說，道理很容易明白。加州有地質學家肯定了的斷層，不知何時會忽然發作，造成可能是地球形成以來最大的災害。

可是，在加州居住的上千萬人，誰會因此而遷移到安全的地方去呢？

第七部

派出一半去冒險

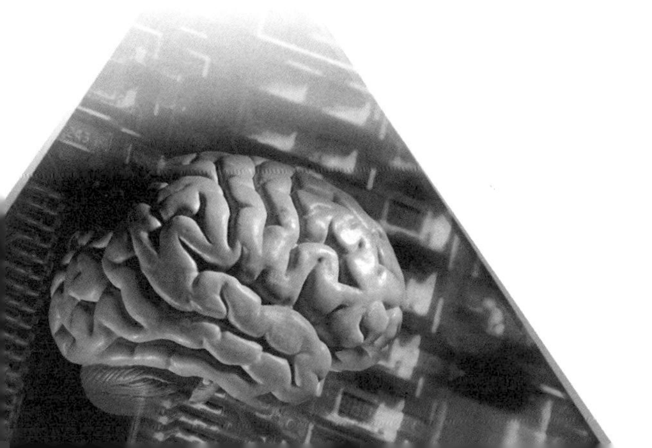

留在一個明知大有危險的地方，自然是由於心理上認為災害可能不會降臨的緣故。

可是，實際上，災害是必然會降臨的。

人的心理，決定人的行動，竟然可以有那麼怪異的情形出現。

我不禁苦笑：「不單美國的加州，加州面臨的是天災，遠東有一個繁榮昌盛之極的大都市，也面臨毀滅，可是在這個都市，也一樣有人麻木不仁，存着僥倖之心，以為自己可以有特異功能，躲過這場災禍！」

在場的人都知道我說的是哪一回事，我曾在名為《追龍》的這個故事之中，詳細地記述過這件事，在當時，還有人以為大都市將會毀滅，是危言聳聽，可是時間已經證明，毀滅的來臨，愈來愈近了。

各人沉默了一會，良辰美景問我：「我們怎麼辦？」

兩陳揚了揚眉：「不能表示害怕——怕也沒有用。我們就算逃離大廈，難道就再也不進來了嗎？」

良辰美景的聲音很低沉——自從認識她們以來，很少見到有這種情形，她們道：「如果大廈會……陰謀殺人，會令人消失，那自然……不能再進入！」

兩陳發出了一下呻吟聲：「就算我們肯放棄這兩棟大廈，單在這個城市之中，交給電腦管理的大廈，也超過一百棟，在全世界範圍之內，數字更多，難道也會放棄不要嗎？」

良辰美景叫了起來：「當然不要！不但不要，而且全得拆毀！」

兩陳的視線向我望來，我吸了一口氣，向良辰美景指了一指，意思很明白，那是同意她們的意見。因為，如果真是電腦控制系統隨時可以有那麼可怕的行為，當然不能任由它們作惡，人沒有理由再把自己的生命，任由那麼可怕的情形殘害。

可是，那畢竟還是我們的假設，不會有人肯在這種假設的情形之下，放棄一棟現代化的大廈的，陳氏兄弟也不會例外，所以，他們這時，一臉不以為然的神情，十分易於理解。

我向黃堂望去，他說話不多，可是他卻是一個思想相當縝密的人。我問：「同樣的搜尋犬還有？」

黃堂的面色煞白：「到蘇格蘭去找，當然還有，可是，可是……」他的神情十分為難，欲語又止，陳氏兄弟叫了起來：「天！為了這樣的大事，警方不會說再找兩隻狗來，會有困難吧！」

黃堂先是現出十分惱怒的神情，但接着，又揮了揮手，作了一個不願意爭論的手勢，樣子看來，也相當疲倦，他道：「這種犬隻，有一個特性，就是當它們聞到了自己的同類的屍體氣味之後，絕不肯再在這個地方的一百公尺範圍之內逗留。」

各人聽了，都面面相覷，剛才那兩頭搜尋犬慘死的情景，如此可怕，若是有「死亡的氣息」存在的話，那一定強烈之至，再有同類的犬隻，只怕連大廈的門，都不肯進來，自然不能靠牠們來進行搜尋工作了。

兩陳望着黃堂，黃堂十分沉着地道：「這是牠們不知多少年來的遺傳特性，沒有力量可以改變。」

他說了之後，長嘆一聲：「雖然我知道，搜尋犬如果能繼續工作下去，自然會有所發現——正因為如此，所以電梯才迫不得已，要下殺手。」

黃堂的話，簡直就把電梯當成了兇手，他說得十分自然，一直到說完之後，他才覺得自己的話太古怪，是以面色看來，更加蒼白。

秘密快被發現，迫不得已殺人滅口，正是許多作奸犯科的人的人類行為，至今，電梯也有這種行為，自然駭人之至。

良辰美景喃喃地道：「如果牠們能繼續搜尋下去，會找到什麼秘密呢？」

她們的這個問題，我也剛想提出來。因為情形十分不可思議，因為電梯的惡行，看起來並沒有被揭露的危機。

電梯的「惡行」，是有兩個人，在乘搭電梯的過程之中消失了。

而搜尋犬根據這兩個失蹤者的氣味，進入了電梯之後，牠們已沒有什麼可以發揮的了，電梯是一個密封的空間，牠們至多在這個密封的空間之中，團團亂轉，狂吠一番，就算牠們知道氣味的去向，牠們也出不了這個空間，去繼續追尋。

那麼，犯了惡行的電梯，何以要緊張得使用如此激烈的「殺人滅口」手段呢？

（各位，我此際用的詞彙，有一些可能不合乎語言使用的習慣，甚至不合邏輯，大悖常理。可是那是無可奈何的事，因為我所要敘述的事，本身就乖張之極，不能用正常的語言來形容。）

一想到這一點，我心中陡然一動：電梯！關鍵性的線索，一定在電梯身上。若不是電梯在使人消失的惡行之上，扮演了十分重要的角色，它決不至於情急之下，就「殺人滅口」，讓搜尋工作無法進行下去。

我把自己所想到的，講了出來，雖然我勉力鎮定心神，可是我的聲音，還是十分緊張。兩陳張大了口，望着我，問：「你的意思是——」

我壓低了聲音，是真的，我那時有一種感覺，我所說的話，會被人偷聽了去。我說的是：「封閉這兩棟大廈，停止電腦系統運作，只有在這樣的情形下，才能徹底搜查這大廈，特別是大廈的電腦系統。」

我的提議，無疑是唯一的方法，可是也可以想像，實行起來，也一定困難重重。這等於是叫整個陳氏兄弟的集團業務，停頓下來，而且不知道停頓多久，那會造成巨大的損失。

所以，陳氏兄弟默然不語，神色難看之極。

良辰美景沉聲道：「若果能夠由此行動，揭發出全世界電腦化了的大廈，都在暗中作怪，那麼，多大的損失，也是值得的！」

陳氏兄弟的動作一致，各自背起雙手，踱起步來。

大約過了一分鐘，在良辰美景已有不耐煩的神情，但是還沒有開口催促之前，他們就停了下來，互望了一眼，顯然，他們的心中，已有了決定。

在這裏，必須說明一下的是，良辰美景和陳氏兄弟，除了同是雙胞胎之外，雙方可以說絕沒有相同之處，尤其是生活背景。

良辰美景可以說是古代人，而且還是古代的豪俠，而陳氏兄弟則是現代的成功商人，雙方的觀點，截然不同。在古代的豪俠的觀點來看，若是能揭露出電腦大廈的真相，公諸於世，等於是拯救了人類，付出什麼樣的代價，都是值得的，古人毀家紓難的例子多的是。

可是現代的商人，自然要考慮到多方面的利益，多少年來建立的事業基礎，和整個社會，有着千絲萬縷的關係，要說有什麼人，說放棄就放棄，那簡直是不可能的事。

所以，一看到陳氏兄弟有了決心，我並不樂觀，不認為他們會接受我的提議——我對於商業行為並不在行，不知道封閉雙子大廈十天八天，會形成什麼程度的損失，但是他們，在經過了剛才一分鐘的踱步之後，是必然心中有數了的。

他們同時吸了一口氣，搖了搖頭：「衛先生的建議，是不是可以分開來進行？」

我反問道：「什麼意思？」

兩陳道：「譬如說檢查電梯系統，兩棟大廈，一共有普通電梯二十部，專用電梯兩部，可以每天停止一部或兩部，作詳細的檢查，那樣，就不必封閉整座大廈，也可以令集團的業務不至於停頓。」

他們說得十分委婉，我在考慮他們的辦法是否可行，良辰美景已大聲反對：「那怎麼行？你只停一兩部電梯，其餘的電梯，照樣可以害人。」

兩陳苦笑：「老實說，電梯要害人，根本無法制止，你不能不搭電梯。」

良辰美景一副不屑的神情：「說來說去，還是不想有經濟上的損失。」看得出，陳氏兄弟本身已經由於不可解釋的怪事而憂心忡忡，可是良辰美景，卻一再冷嘲熱諷，這令得他們忍無可忍，就算再想遷就她們，也難免要發作了。

只聽得他們齊聲冷笑：「還有一個辦法，更加可行。」

良辰美景還待譏諷，我卻看出兩陳十分認真，忙作了一個手勢，阻止了良辰美景，向兩陳望去。

兩陳道：「我們兩人，心靈相通，若是其中一個神秘失了蹤，他到什麼地方去了，另一個必然可以感應得到，這種感應，比搜索犬隻靠嗅覺，要實在得多。」

我料不到兩陳會說出這一番話來。非但我料不到，別人也是一樣，所以一時之間，人人靜了下來。兩陳在說完了這一番話之後，一起用挑戰的眼光，望向良辰美景。

我一看這情形不妙，連忙身形一閃，站到了他們雙方之間，企圖盡量隔開他們雙方之間的目光，可是我的行動已經遲了一步。

良辰美景已經拍着手叫：「好辦法！我們也有心靈感應的能力，可以一起進行。」

我本來已揚起手臂來，一聽得她們這樣說，便又垂了下來，因為她們既然話已出口，我再想阻止，顯然已經來不及了。

也就在這時候，陳氏兄弟一起叫：「好極！」

他們的叫聲，竟然興高采烈。

兩陳的一番話，十分容易明白，他們的意思是，他們之間，有一個人失了蹤，另一個人，可以憑心靈相通的力量，把失蹤者找出來。

他們的辦法是：兩個人之中的一個，去搭乘電梯，設法令電梯重施故伎，再令他消失，那麼，另一個安然無恙的，就可以憑相通的心靈，說出失蹤者失蹤的情形，失蹤之後去了何處，等等。

如果真是那樣，自然對揭穿秘密，有很大的幫助。說不定就此可以解開謎團。

可是這樣做，也極其危險，因為至今為止，對於失蹤者為何失蹤，去了何處，處境如何，一無所知。極有可能，失蹤不單是失蹤，而是涉及死亡，那麼，兩人之中的一個死了，另一個可以感應得到，那又怎麼樣？

所以，兩陳有了這樣的決定，當然要極大的勇氣，他們向良辰美景挑戰，我想阻止，那是為了這方法的危險性極高之故。

想不到良辰美景立刻答應，而陳氏兄弟又欣喜莫名。那自然另有因素，是由於他們之間微妙的關係，他們都十分膽大，陳氏兄弟更想到可以和良辰美景單獨相處，也就顧不得害怕了。

我沉下了臉來：「你們可曾想清楚了？這可不是花前月下。」

我要他們考慮清楚，可是他們四人，都一起向我望來，神情大是揶揄。

我承認陳氏兄弟提出的辦法是好辦法，可就是太危險了。

然而，要解開這樣神秘的謎團，不涉險，又怎麼可能？

雖然他們表示了有勇氣這樣做，可是我對他們這時的態度，並不欣賞。

我提出了一個十分嚴肅的問題：「你們之中，其中一個如果在他處死亡，另一個是否可以知道？」

他們都知道我這樣問是什麼意思，所以一時之間，都抿住了嘴不出聲，我也不催，等着他們的回答。

陳氏兄弟比較實在一些，他們回答道：「我們未曾有過這樣的實際經驗，但是根據我們心靈互通的程度來推測，應該可以知道。」

我指着他們：「你們自幼就被隔離了開來，那時的感覺怎麼樣？」

兩人吸了一口氣：「那時，我們根本不知道自己有另外的一半，所以感覺不是很明顯，可是有極度的失落感，感到自己不完全。」

我糾正他的話：「不是極度的的失落感，只是朦朧的失落感，你們的心靈感應，並不是萬能的！」

良辰美景這才嘆了一口氣：「你想說明什麼？」

我用力一揮手：「我想說明一個極簡單的問題：把你們分開來，一半去涉險，另一半等待危險發生後的感應，雖然可能有效，但涉險的一半如果死亡，另一半至多只能感到死亡，而未必可以知道如何死亡，和死者是在什麼地方，這就使死亡變成無辜的犧牲。」

我把話說得再明白也沒有了，我相信他們會鄭重考慮。在經過了考慮之後，不管他們採取什麼樣的行動，都至少是經過深思熟慮，而不是草率的衝動了。

果然，他們在明瞭我的話之後，互望着，互相急速地低議着，態度和剛才一方挑戰，一方應戰的那種劍拔弩張大大不相同。

我和黃堂，也十分緊張地望着他們，他們想利用自己雙胞胎心靈相通的特點，去解開失蹤者之謎，聽來實在相當駭人聽聞，黃堂在不由自主地搖着頭，顯然他不是十分贊成他們那麼做。

過了大約五分鐘，紅影一閃，良辰美景來到了我的身邊，道：「我們決定押後一步，先到電腦管理室去，作詳細……了解和檢查。」

我立刻舉手，表示贊成，同時提議：「要有電腦專家參加。」

陳氏兄弟道：「我們聘請的管理主任，實在是一流的專家，不過剛才他的態度，像是對電腦投了絕對的信任票，他能否成為幫助我們的適當人選？」

我吸了一口氣：「以前三次物件失蹤的事，管理主任是不是知道？」

陳氏兄弟點頭：「知道，他交來的報告，說那是『不可預測的』，這個人……這個人……」

兩陳說到這裏，突然現出了一種十分詭異的神情，眨着眼，望了我一眼，像是感到我不能理解他們的心意，又轉望良辰美景。

倒也不能怪他們，我真的不知道他們又有什麼怪主意。可是良辰美景立刻就知道了，她們失聲道：「這個管理主任叫電腦收買了……成了電腦的……奴隸。」

我大是駭然：「你們想到哪裏去了？他是電腦管理系統的主任，自然要絕對相信電腦，不然，他如何管理電腦的運作？」

兩陳和良辰美景的神色，仍然陰晴不定。我道：「至多說他……由於過度相信電腦，而遭到了電腦的愚弄……或者欺騙……」

由於我們的設想，十分奇詭，所以語言不是很夠應用，連我說起話來，也有點斷斷續續。

兩陳急速地轉了一個圈子：「很簡單，請他上來，把一切事情，簡要地告訴他，他要是表示不能接受，就立刻請他離開，我們不能讓一個奸細在電腦管理系統之中，助紂為虐。」

他們愈說愈嚴重，我和黃堂都搖頭，可是兩陳已用電話，接通了電腦管理室，找到了管理主任，請他再立刻上來。

當兩陳放下電話，我看出他們都有鬆了一口氣的感覺，他們也立刻解釋，指着電話：「我們打電話請管理主任上來，如果電腦要阻止，太容易了——電話系統，也屬它管理，可以截斷線路，使我們無法和外界溝通。」

黃堂喃喃地道：「現在……至少它還沒有這樣做。」

兩陳也喃喃地道：「誰知道，或許它認為我們根本不值得這樣對付。」

在管理主任再出現之前，我們都沒有再說什麼，因為事情十分怪異，我們所作的假設，也十分零碎，沒有系統的假設。

管理主任大約在四分鐘之後來到，一進來，看到所有人的神色凝重，他也為之一怔。

尤其，當兩陳劈面就問了他一句話之後，他的神情更是怪異。

兩陳問的是：「你是搭電梯上來的？」

電腦管理室在地下一樓，他要來到五十樓，而在四分鐘之內就到了，自然是搭電梯上來的。可是兩陳又問得十分認真，使他不知如何回答才好。

我向他作了一個手勢：「我們認為，在大廈之中，發生了一些十分怪異的事，這些事，和大廈的電腦管理系統有關，所以請你——」

我才說到這裏，還有半句話沒有說，可是我卻陡然住口，因為管理主任的反應十分奇特。他先是陡然一怔，然後，自然而然吞了一口口水，再接着，他面色變得十分白，可是卻又在這個時候，他又硬擠出了一個笑容來，裝出一副若無其事的神情。

我就是在這時候住了口，盯着他。他剛才的神情，別說是老於世故的我，就算是良辰美景，也可以看出，他是忽然之間，被人揭穿了秘密，又想掩飾，所以才會有這樣的反應。

事情會一下子就有了那樣的發展，倒十分出乎意料之外，這證明管理主任就算不和電腦串通，他也早知道有怪異的事發生。一時之間，所有人的目光，都集中在他的身上，那令得他更舉止失措，他還在掙扎着：「各位望着我……幹什麼？我不知道……是什麼意思？什麼怪事……會和電腦管理系統有關？」

我一字一頓：「你應該明白的，你的神態，證明你完全明白。」

他忽然縱聲大笑起來，雙手揮舞着，動作十分誇張，又提高了聲音在叫：「我真的不明白，我的神態怎麼了？你們這算是什麼，真叫『欲加之罪，何患無詞』！這算是什麼？」

我看出他的情緒，十分驚恐，處在崩潰的邊緣，只要稍為追迫一下，他就會說出一切來了。

可是，我還沒有開口，兩陳已經發怒：「你不把一切如實說出來，立刻就開除你。」

管理主任一怔，陡然睜大了眼。良辰美景冷冷地道：「你被開除的，不單是你的職務，甚至還涉及你的『人籍』──你和電腦狼狽為奸多久了？」

管理主任的神色慘白，可是他的神情，卻有一種異樣的鎮定，他的聲音十分高亢尖銳：「我完全不懂你們在說什麼，我看你們的神情，都有問題。兩位陳先生，剛才你們說到開除，好極了，我這就走！」

他說着，轉身就走。

突然之間，事態又有了這樣的變化，更令人意外。黃堂跨過一步，阻止了他的去路，厲聲道：「等一等，警方懷疑你和兩個人在大廈中失蹤事件有關，你必須協助警方調查。」

管理主任的神情十分古怪，他似笑非笑地望着黃堂，忽然又指着黃堂笑了一下：「好啊，警方想知道什麼，我有問必答。」

他這樣一說，黃堂不禁呆了一呆，因為他想不出如何問才好！總不成問：「你在電腦使人失蹤事件中，擔任了什麼角色？」

根本連「電腦使人失蹤」都是假設，如何可以拿這種問題來問人？

黃堂是警方人員，不能拿這樣的問題去問人，可是我卻可以。我已來到了他的身前，問的，正是黃堂所想問的那個問題。

管理主任的身子陡地一震，張大了口：「你……開什麼玩笑？」

第八部

大廈的陰森背面：

電梯槽

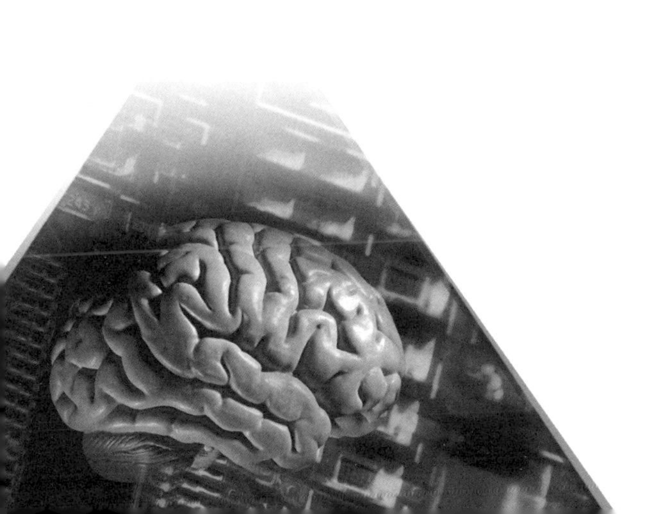

我厲聲道：「沒有人在開玩笑。你是電腦管理系統的主管，電腦要是出花樣，必然瞞不過你。」

管理主任攤大雙手：「電腦有什麼花樣可出？」

這個人，一定本性十分狡猾，因為他抵賴、說謊的神情和動作，層出不窮，狡頑之極。

我冷笑一聲：「這正是我要問你的問題：它有什麼花樣可出，準備作精作怪到什麼程度，它把那些文件廢紙和兩個人，弄到什麼地方去了？」管理主任居然冷笑一下：「先生，你這些問題，如果在公開場合問我，你想是誰會被送進精神病院去？是你還是我？」

刁頑的人我見過很多，像眼前這個人，也可以說是難對付的了，我冷笑一聲：「如果你不把所知的說出來，只怕你想到精神病院去而去不得。」

我這樣說，是在暗示他，他的「合作伙伴」靠不住，會出賣他——那是假定他和電腦有串通的一種說法。

我留意到，在我說了這樣的話之後，在極短暫的時間之中，他有一絲慌亂的神色。

可是，那真是連十分之一秒都不到的事——使我懷疑是自己的主觀心理作用。這證明他掩飾內心思想的本領，在短短的十幾分鐘內，就大有進步。黃堂也發現了這一點，所以他向我作了一個手勢，示意由他來對付。他走向管理主任，伸手指着他，神情不是很客氣：「警方正在調查兩個人的失蹤事件，希望能得到你的協助，請你跟我到警局去一次，可以嗎？」

黃堂的這種說法，自然是在故意為難管理主任，可是卻想不到，管理主任立時道：「好，這就去！」

黃堂反倒怔了一怔，有點難以應付，管理主任冷笑一聲，更進一步道：「警官，我是納稅人，到警局去，我會覺得有保障，比在這裏好多了。」

兩陳怒道：「這話是什麼意思？」

管理主任提高了聲音：「我覺得在這裏不安全——這裏不正常的人太多，兩位陳先生，我要協助警方調查，你們不至於要妨礙警方執行任務吧？」

他詞鋒咄咄逼人，反倒令得黃堂不知如何是好。他更有了行動，向外走去，反倒催黃堂：「警官，快走啊。」

黃堂向我望來，我示意他先跟出去，然後我提高了聲音：「別忘記你自己是人。」

這句話，其實是沒有什麼作用，因為從管理主任的態度來看，如果他和電腦有某種程度的串通，那麼，他必然是極度的冥頑不靈的傢伙，想憑一兩句話，而令他的態度有所改變，是不可能的事。

果然，他頭也不回，只是報以一聲冷笑，就大踏步向外走了出去，黃堂忙跟在後面，他們兩人走了出去之後，兩陳十分惱怒，一起伸拳，在一張桌面上，重重敲了一下，也就在這時候，突然聽得外面走廊上，傳來了黃堂的一聲大叫，叫聲可怕之極。良辰美景的反應最快，紅影一閃，她們已竄了出去。

我緊跟在她們的後面，一到了外面，就看到黃堂的處境，十分狼狽，他的雙手，緊握住了自己的領帶，正在用力向外扯，而領帶的一端，卻被電梯門夾住，正在緩慢而頑固地向內拖去。

黃堂也是滿面通紅，良辰美景趕到，只見精光一閃，「嗤」地一聲，黃堂的領帶，已經被割破。黃堂由於正在用力向後扯，所以一個站立不穩，跌退了一步，坐倒在地。而他被電梯門夾住的那一截領帶，也一下子被拉進了電梯，看不見了。

這一切變化，都十分快速，並不見管理主任的蹤影。黃堂在掙扎站起來時，指着電梯，一時之間，說不出話來。

在這種混亂的情形之中，我必須補充的一點是，剛才，我看到了疾掠而出的良辰美景，手上各有精光一閃，黃堂的領帶便自動斷裂，可知她們在那時，一定揮動了十分鋒利的利器。

可是等到領帶斷了之後，她們的手中，並沒有什麼兵刃，可知那利器一定十分小巧——而我從來也不知道她們有這種小巧的利器在身。

她們既然絕不輕易讓別人知道她們有這種小巧的利器在身，我自然也是裝着沒有看到的好——或許她們另有內情，要是怕我看到了問起，這就不免尷尬了。自然，這種人情世故，也是到了一定的年齡之後才懂得的，在年輕時，哪裏會顧得那麼多。

所以，我立時轉身問黃堂：「那傢伙呢？」

兩陳這時也出來了，黃堂仍指着電梯：「一出來，他就衝進電梯，我想伸手去抓他，他一轉身，反抓住了我的領帶，而電梯的門，就在那時關上，他的力道……竟那麼大，幾乎把我勒死。」

我吸了一口氣：「想把你勒死的，不是他的力量，而是電梯的力量。」

兩陳面色煞白，一轉身，又奔進了會議室之中，他們以第一時間，通知管理處。

半分鐘之後，才知道他們的做法，正確之至，及時知道了事情的變化。

他們後來說：「我們想起，每一架電梯，都有監視設備，那傢伙在電梯中，我們可以通過監視設備，在熒屏上看到他。」

他們奔進會議室後，不到半分鐘，就大叫：「衛先生，你們快來。」

他們一定叫得十分急，在「衛先生」之後，把良辰美景的名字也省掉了。

良辰美景的行動真快，雖然是我先行動，可是她們掠起一陣風，還是在我的身邊，掠了過去。

這時，陳氏兄弟正在電話旁，電話擴音器中，傳來了一把慌張的聲音：「主任……他正打開電梯頂部的……小門，向外攀去，電梯正在下降，天，主任……他想幹什麼？他已爬出去了……看不到他了。」

閉路電視的監視裝置，是在電梯頂部的，管理主任已經由頂部的小門爬出了電梯，自然看不到他了。

從電話擴音器中傳出來的聲音，是來自管理處的一個工作人員，他看到了管理主任從電梯頂爬出去的情形。

兩陳立時下令：「停止這部電梯的運作。」那工作人員大聲答應，然後道：「電梯停在二十六層和二十七層之間。」

兩陳向我望來，我道：「就從這架電梯開始，仔細檢查搜尋。我相信那兩個失蹤者，也是經由電梯的小門，離開電梯的。」

兩陳苦笑：「那兩個失蹤者，為什麼要那樣做？」

我道：「不知道——不知道的事情太多了。」

然後，所有的人都靜了下來，先是互望着，然後，視線集中在我的身上。

我知道他們是要我決定一件事，因為我也正在想着同樣的問題。

需要決定的是：走樓梯下去，還是搭電梯下去？

我想了十秒鐘左右，就有了決定：「搭電梯——我們不能逃避，要迎接挑戰。」

各人都沒有異議，我們走進了專用電梯，電梯一直下降到第二十六層，停下來，並沒有事故發生。

等我們到達第二十七層的時候，工作人員已經來到，而且已帶了一些檢查電梯及電梯槽的設備。

同時，在電腦控制室中，也有工作人員候命，聽指揮行事——這一切，聽起來像是十分大陣勢，但實際上，卻是普通之極的事，每一個在城市生活的人，都會見過「電梯例行檢查」。工作人員停止了電梯的運作，在漆黑的電梯通道之中，裝上照明設備，詳細檢查。

現在，工作人員進行的工作，也是一樣，他們先打開電梯門，看到電梯的下一半，接近門，抬頭看去，可以看到整個電梯，頂部的小門，有被才推開過的迹象。

這時，控制室的工作人員，接受了命令，使電梯再略為下降，變成停在第二十六層。

然後，持着照明設備的工作人員走進電梯，頂開了電梯頂的小門。我示意他們退出，由我持着強力的照明燈，從頂上的小門中，竄身而上，站到了電梯的頂上。

雖然電梯（或稱升降機），已是城市生活之中不可或缺的組成部分，沒有電梯設備，根本不可能有現代化的大廈，每一個城市生活的人，對電梯也熟到不能再熟，每天都要進出好多次，可是，也不是有很多人，有過處身於電梯頂上的經歷的。

處身在電梯的頂上，也就是直接置身於電梯槽之中，在黑暗而狹窄的空間之中，有泛着機油的漆黑光影的鋼索，直上直下地垂着，彷彿是通向地獄的指標。槽的四壁，粗糙而原始，完全沒有修飾，和一牆之隔，經過精心佈置的走廊，有着天淵之別，那是被人遺棄的部分，根本沒有人理會它是美是醜，所以它也格外有一種它自己獨特的冷漠和陰森。

向上望去，是一直向上的漆黑，不知有多高多深，狹窄加倍了深的感覺，彷彿是從地獄在抬頭向上望。空氣的對流，發出一種十分曖昧的聲音，不是很宏亮，可是卻努力想從人的耳朵中鑽進去，最後能直透到人的腦中去，去實現它那不可測的陰謀。

一切都極其詭異，真難相信一座金碧輝煌，富麗之極的大廈之中，會有這樣的一個組成部分，而且，這是極其重要的部分。

我在攀上電梯頂之前，曾要求管理室把自動系統，改回人力控制，這使我安心許多，不然，電梯若是忽然上升或下降，都是極度危險的事。

我利用照明設備，在電梯槽中搜索着，並沒有發現管理主任。

管理主任是在從五十層至二十六層之間，爬出電梯的，在電梯槽的四壁上，有不少可供人藏匿的陰暗角落——那是牆壁上的一些凹入部分，是為建造工程方便而留下來的。

在強力的照明之下，這些四壁的凹凸部分，看來更形成怪異的陰影。

電梯槽比電梯更大，但也不會大得太多，大約除了門的那一邊之外，另三面，都有五十公分的空隙，當然可供人從這個空隙中通過。

所以，管理主任出了電梯之後，可能向下，也可能向上，我略想了一想，就決定先向上搜索。因在電梯下降的時候，有鋼索相應地向上升去，管理主任有可能抓住了鋼索向上去。

所以，我請兩陳下令，由管理室控制，電梯緩緩向上升去。這時，良辰美景也到了電梯的頂上——她們的身形纖細，輕功又好，竟不是攀上來，而是一下子就從電梯中拔身而起，竄上來的。她們的手中也有強力的照明設備，所以電梯槽之中，十分明亮，若是有人藏匿着，必然無所遁形。

管理室中的工作人員又有了報告：在電梯下降期間，自三十層到底層，每一層的門，都沒有曾經打開過的紀錄，也就是説，管理主任出了電梯之後，沒有離開過電梯槽。

我在電梯向上升的時候，還聽得兩陳在下命令，要大廈的護衛，嚴密注意大廈的每一個出口，留意管理主任的行蹤，一有發現，立刻扣留——雖然直到目前為止，管理主任是不是有什麼罪狀，我們全然無法證明，但是他的行動，實在太詭異了，實在太叫人起疑了。良辰美景和我，一起在電梯頂上，電梯向上升，一直升到了頂部，並無發現——請相信我們三個人鋭利的目光，別說是一個人，就算是一隻蒼蠅，也必然無所遁形。我沉着氣，令電梯再向下降，一直降到底層，仍然一無所獲。

良辰美景進了電梯，和兩陳商量，我聽得她們在說：「整個電梯槽全找遍了。真叫人不明白，那傢伙根本沒有機會離開。」

我也回到了電梯之中，伸手向下指了一指：「不是『全找遍了』，在這下面，還有相當大的一個空間，裝有在電梯猝然下降，可以減少傷害的強力彈簧。」在我說話期間，電梯門打開，底層在大堂之下，那裏不像大堂，人來人往，十分熱鬧，只是大廈管理人員才到達之處。

這時，已有很多工作人員，把這架電梯圍了起來，黃堂也帶領了一些警察，正在守衛。

我先跨出了電梯，良辰美景和兩陳跟了出來，我對一個工作人員說：「除了槽底部之外，都找過了。」

那工作人員十分機靈，立時明白了我的意思，他用對講機和管理室聯絡，升降機又緩緩向上升去，這時，底層的電梯門沒有關上，電梯一向上升，電梯槽的底部，自然顯露，強烈的燈光一照射進去，所有的人，都發出了「啊」的一下驚呼聲：真有人在電梯槽的底部，而且不止一個，而是有三個之多。

電梯槽的底部，是一個十分污穢的所在，底部，有着相當大的彈簧，全是濃稠的機油，而且還有一些建築時期留下，永遠不會有人去清理的雜物，工人用來抹試的棉紗團，等等。

而就在這樣的污穢的環境之中，有三個人，身子縮成一團，蹲着不動，一動也不動。他們維持了這樣的姿勢，才能在電梯下降，到達底部的時候，不受傷害。這三個人，令得人人看到了，都發出驚呼聲的原因，倒不是因為其中兩個，西服煌然，絕不應該在這樣的環境之中的緣故，而是三個人都睜大着眼，而且，在強光射向他們的時候，他們的眼睛，一點反應也沒有，既不閉上，又不移動。

強光令他們一動不動的雙眼之中，反射出一股十分怪異的光芒，看了令人不由自主，感到一股寒意。

這三個人之中，有一個，正是不到半小時之前，自電梯頂上爬出去的管理主任，而另外兩個，黃堂一見就叫：「失蹤者！」

另外兩個，是失蹤者一和二。

失蹤者一和二，竟然會在電梯槽底部發現——我曾推測過，他們也可能是從電梯頂部離開的，但由於實在想不出他們為什麼要這樣做，所以也不敢肯定，現在看來，當然這推測是對的。

我立時向黃堂望去，黃堂自然知道這時候他應該做什麼，他已經在和總部聯絡：「在電梯槽的底部，發現了兩名失蹤者，其餘失蹤者的情形極可能類似，立即搜尋！失蹤者的情形極差，要準備醫護人員。」

失蹤者的情形，確然極差，這時，兩陳已蹲下身子，向失蹤者一和二，伸出手去。失蹤者一和二，只要站起身子，也向兩陳伸出手，就可以由兩陳把他們自下面拉上來。

可是，失蹤者一和二，仍然蹲着，一動也不動，連眼也不眨一下——要不是一個人死了之後，不會維持這樣的姿勢，真以為他們都已死了。

兩陳想也沒想，一伸手出去之後，沒有反應，他們聳身就向下面跳了下去。強光照射，人聲鼎沸，又有人向下跳，這一切變化，和他們藏身在漆黑的電梯槽底，大不相同，他們至少要有點反應才是。

可是一直到兩陳來到了失蹤者一和二的身邊，托着他們的身子，令他們站直，他們的反應，只是眼睛大約眨動了兩三下。

這種情景，十分怪異，良辰美景失聲道：「這不是兩個人，只是兩個……身體。」

兩人的話，令人的寒意更甚，但這種古怪的話，也恰好說明了目前的情形——失蹤者一和二，確然只是兩具身體，活的身體。

失蹤者一和二先弄上來，接着是管理主任，三個人的情形，完全一樣。

醫護人員在五分鐘之後趕到，三個人除了不時眨一下眼之外，行動完全由人擺佈。

等到他們上了救護車，黃堂已接到了報告：其餘的失蹤者，都在失蹤的大廈電梯槽底部找到。人人都一樣：完全喪失了神智。

陳氏兄弟和良辰美景雖然沒有問什麼，可是他們一直緊抿着嘴。其實他們不出聲，也等於在問，究竟發生了什麼事？

我的思緒也十分亂，我只是壓低了聲音，說了一句：「到管理室去看看。」

一行人等，進了管理室，我也不禁吸了一口氣，雙子大廈的情形，有些特別，相連的兩棟大廈，合用一個管理室，所以看起來，它格外地大，可是雙子大廈只有六十層高，只能算是中等大小的大廈，更高更多的建築面積的大廈，一定有相等大小，甚至更大的管理室。

整個管理室的工作人員並不多，主要的工作人員，是監視熒光屏，注意突發事件的——事實上，突發事件，也大多數由電腦監視，一有異樣的情形發生，電腦就會提出警告，或自行截止運作，或自動改變運作程序。所以，整個電腦控制的管理室，雖然很大，但是人並不多。但是也絕不空曠，因為各種各樣的儀器、控制台、熒光屏，佔據了許多空間。

一個工作人員領着我們到了一座有二十幅熒屏的控制台之前，那是控制電梯的總系統，工作人員指着熒屏：「二十架電梯在運作時，電梯中的情形，都可以通過監視裝置，顯示在熒屏之上。」

這是相當普通的情形，在非由電腦系統管理的大廈中，也可以有類似的裝置。

我向兩陳望了一眼，他們立即明白了我的意思，就解釋道：「專用電梯主要是我們兩人使用的，我們不喜歡被監視，所以看不到專用電梯內的情形。」

工作人員又指着其中的一幅熒屏：「我就是在這裏，看到主任從電梯頂的小門出去的。」

我問：「電梯的上下，門的開關時間，上升或下降的速度，都是固定的？」那工作人員道：「可以在程序上進行調整，但是一經固定，就不會有變化。」

我道：「可是事實上，卻有電梯突然關上的情形——殺死了兩頭狗，又夾住了一個警官的領帶。」

那工作人員現出了一片十分迷惘的神情：「我……不知道……為什麼會這樣……一切由電腦管理……照說不會有差錯。」

良辰美景咕噥了一句：「就是電腦在作怪。」

那個工作人員雖然也聽到了，可是不知道是什麼意思，只好搔着頭，我又問：「除了主任之外，最高負責人是誰？」

那工作人員忙提高聲音叫：「副主任。」

隨着他的叫喚，一個身子又高又瘦的中年人，搖晃着走了進來。我一面打量他，一面心中在想：這個人和主任，是不是也狼狽為奸。

這個副主任看來不是很愛說話，來到了我們面前，一言不發，也不向兩陳打招呼。

我用十分友善的態度，先介紹了自己。他聽到了我的名字之後，怔了一怔，冷淡的態度大有改善，連聲道：「久仰久仰，我叫成金潤，學電腦管理的。」

我先問：「你的想像力如何？」

他十分認真地想了一想：「一般。我可以設想出許多離奇的情節來，但未必會真正相信那是事實。」他的回答十分實在，我已經可以肯定他和管理主任必非同類，這樣的回答，也令我對他一開始就有了好感。

我向兩陳和良辰美景望去，他們顯然也有同感，因為兩陳正向成金潤伸出手去。

第九部

病毒侵入產生畸變

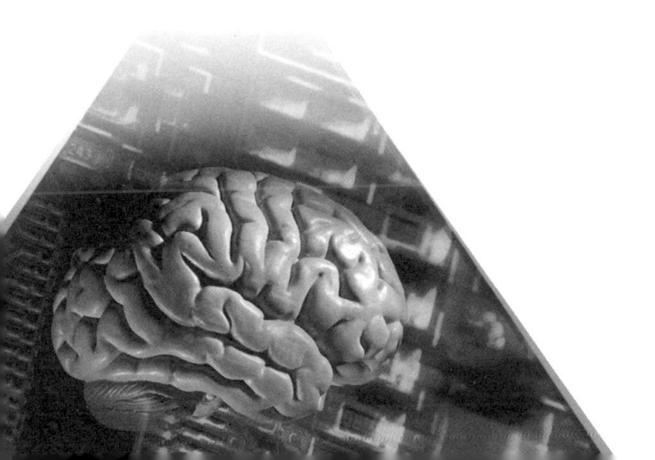

成金潤對兩陳的態度仍然相當冷漠，只是對良辰美景，不斷投以奇訝的眼光。

我正想把我們的設想提出來，聽聽成金潤的意見，黃堂氣咻咻奔了過來，大聲叫：「陶啟泉十萬火急，要你到醫院去。」

由於發生的事實在太怪太多，我一時之間轉不過念頭來：「他到醫院去幹什麼？」

黃堂頓足：「不是他需要到醫院去。他在醫院，是由於他的六個手下全在醫院！他要你立刻就去。」

我不禁大是惱怒：「去告訴他，我的行動，只受我自己的控制，不由他的意志而轉變。」

黃堂先是一怔，接着，他向我豎了豎大拇指——他對陶啟泉這個大富豪並無好感，所以他覺得我的抗議，十分有理，我也相信他必然會一字不易地轉達我的意思。

黃堂走了之後，那位電腦管理專家問我：「衛先生的名字，常和一些稀奇古怪的事聯在一起，是不是在這裏又有什麼特別的發現？」

他問得十分客氣，可是我卻不客氣地瞪着他，反問他：「難道你也知道在大廈裏發生了什麼事？」

成金潤聳了聳肩——他個子又高又瘦，在做這個動作的時候，看來十分異樣，他道：「我知道，也一直向主任反映過，可是主任叫我別多事，他是正職，我不在其位，不謀其政，自然不好多事。」

我聽出了他的話中，大有文章，就道：「主任出了事，你知道了？」

他點頭：「聽說在電梯槽底部找到了他，神智不清。」

我吸了一口氣：「在出事以後，我們曾和他有一次詳談，他似乎竭力想隱瞞什麼，是不是他和電腦之間，有着什麼默契？因為我們至少發覺有好幾件事，是由於電腦出現了反常控制而引起的。」

成金潤伸手摸着下巴——這個人的小動作相當多：「我知道你怕的是些什麼事，不過我認為那是……嗯，一般人稱之為『電腦病毒』侵入，局部擾亂了電腦運作的結果。主任確然想掩飾這種情形，因為那與他的職業榮譽有關。這大廈的電腦系統，毫無疑問，受到了病毒的侵擾。」

良辰美景道：「沒有法子消除？」

成金潤攤了攤手：「在全世界的範圍內，電腦病毒正在蔓延，至今為止，沒有人有辦法消除它們。」

兩陳駭然道：「受了病毒侵擾的電腦，結果……會變成怎麼樣？」

成金潤又攤了攤手：「也沒有人知道。一般來說，電腦學者都認為，像是病毒侵入了生物的體內一樣，不論是動物還是植物，如果有病毒或細菌侵入，都會使生物的本身變得畸形。」

成金潤說到這裏，略頓了一頓，他是一個常識相當豐富的人，這一點，可以在他的談話中，得到證實。他又道：「例如黑穗菌侵入玉米，玉米就長成滿是黑粉的包，和原來的形狀，大不相同。又例如過濾性病毒侵入了貝類生物，就會使貝類的外殼完全變形，和原來的遺傳截然不同——曾有一個時期，海洋生物專家還以為在同時期出現了許多新的品種。」

成金潤說的話，相當專門，所以我們都聽得十分用心。等他停了一停，陳氏兄弟才指着四周圍的電腦設備：「那麼，電腦如果被病毒嚴重侵入，也會……變得畸形，會……不再受控制？」

成金潤用力點了點頭：「不過，應該說，是人不懂得如何去控制——因為已變得和原來的設計不一樣了，譬如說——」

這個人很喜歡在説話之中舉例子，而這時他舉的一個例子，更是匪夷所思之至：「譬如說，有人做了一隻杯子，可是忽然之間，杯子變得密封了，這個人自然也就不知道如何去使用這杯子了。」

他舉的這個例子，要用心想一想，才能想像得出這種古怪的情景來。

我有點無意識地揮着手：「你的意思是，這大廈的電腦管理系統，已出現了這種古怪的變異？」

成金潤有點不解地望着我：「不是已經發生了很多事，證明了這一點嗎？」

他說來理所當然，可是聽了這話的人，都有點不寒而慄，兩陳立即叫：「停止電腦的一切運作。」

成金潤用十分怪異的神情面對陳氏兄弟，兩陳又把話重複了一遍，成金潤忽然嘆了一聲：「陳先生，如果這樣做，雙子大廈就死了。」

此人説話，用詞比溫寶裕還要怪，大廈怎麼可以用「死了」來形容呢？不過，略想一想，他的話也不難理解，他的意思是，如果照兩陳的話去做，整棟大廈，就癱瘓了，變成了死域——試想想，沒有電梯，沒有空氣調節，沒有電力供應的大廈，會是什麼樣子？

良辰美景倒很喜歡兩陳有了這樣的決定，她們斬釘截鐵地道：「讓它死。」

成金潤十分吃驚：「要停止電腦運作的最好方法，是截斷電源，那是殺死它的好方法。」

良辰美景又道：「那就截斷電源。」

成金潤道：「在電源截斷之後，還有後備電源，根據電腦程序，在電源一旦截斷，後備電源就自動補充，保持電腦運作的正常進行。」

良辰美景的神情也變得十分驚訝，瞧着成金潤，想問，可是卻又出不了聲。

她們想問的問題自然是：「後備電源難道無法截斷？」

成金潤也知道她們想問什麼，所以逕直回答：「後備電源的設計，是確保在任何情形下，都有電力供應，以保證電腦能繼續運作，所以，和總發電站的電腦，有直接聯繫，除非把總發電站的電腦停止，不然，電源一樣會得到供應。」

他說到這裏，停了一停，口角牽動了幾下：「如果這樣做，這個城市，大約會有三分之一地區，同時失去電力供應。」

我們都不出聲，因為情形可怕之極，竟然無法停止電腦的運作。

電腦無論要幹什麼事，人力無法停止它。

成金潤也苦笑：「當我才一接觸到電腦時，人還不知道什麼是電腦病毒，只知道電腦可以大幅度提高效率，所以，任何電腦組合的設計，都向電腦永不停止這一目標邁進，時至今日，幾乎已達到了目標，做到了盡善盡美的地步，就形成了如今的情形。」我們各人面面相覷，成金潤嘆了幾聲，搓着手，也不再言語。

就在這時候，黃堂又闖了進來，大呼小叫：「衛斯理！陶啟泉要親自來找你。」

我悶哼：「他要來，就讓他來好了。」

黃堂的神情有點異樣：「他的直升機，會降落在雙子大廈的頂層。」

陳氏兄弟一聽，直跳了起來：「他媽的，誰讓他有這樣橫行無忌的權力的？」

兩陳一面說，一面望着我，我思緒紊亂之極，十分不耐煩：「我們現在面臨的問題，十分嚴重，陶啟泉來了，正好和他一起商量，請不要再在意氣上發生爭執。」

陳氏兄弟聽着我的話，不好意思發作，可是看得出，他們對陶啟泉擅自使用大廈頂部的直升機場，仍然表示了極度的不滿。

這時，成金潤又向一旁走去，一面道：「去看看直升機到了沒有。」

他走開了幾步之後，又轉過頭來，特地向我解釋：「這大廈，到處都有閉路電視，只有老闆的私人範圍才沒有，是為了安全措施。」

我不禁苦笑——為了安全措施，設計了許多電腦的程序，更確保電腦的不斷運作。可是，一旦電腦倒行逆施起來，卻根本沒有安全可言。

這算不算是人類行為中的作繭自縛呢？

一行人跟着他過去，到了一座控制台之前，照例又是許多幅熒屏，成金潤十分熟練地按着鈕掣，中間的一幅有了畫面，是屋頂的直升機停機坪，這時，正有一架直升機，已經在降落了。

兩陳悶哼了一聲：「來得好快。」

直升機停定，機艙門打開，先後下來了三個人，其中有一個老者，我認識，他姓楊，是陶啟泉十分親信的人物，在陶氏集團之中，地位僅次於陶啟泉本人。

另外兩個我並不認識，可是兩陳顯然知道他們是什麼人馬，因為他們又悶哼了一聲：「好，大集團的三駕馬車全到了，頭腦怎麼不來？」

直升機上再沒有人下來，這三個人走開了幾步，可以清楚地看到，他們的神情，都十分惶急。這時，又看到有人迎了上去，互相交談了一兩句。迎上去的人，自然是雙子大廈的管理人員。

再接下來，幾個人一起向前走，走出了畫面，成金潤又按下了另一個按鈕，看到一行人已進入了走廊，兩陳又咕噥了一句：「看來，還要用我們的專用電梯。」

良辰美景不滿：「你們怎麼變得這樣小器？」

陳氏兄弟大聲道：「你們不知道陶氏集團給我們受了多少氣，看，直到現在，他有求於我，還要擺架子，自己不肯來，只派了三個人來。」

良辰美景冷冷地道：「他不是有求於你，是有求於衛斯理。」

兩陳道：「那也應該自己來。」

他們在說話的時候，在畫面上看到的情形是：一行人在等電梯，確然是在專用電梯的門口等，那個工作人員，這時說了一句話，聽不到聲音，可是我根據唇部的動作，知道他說的是：「兩位陳先生在地下管理室。」

我把這句話直譯了出來，兩陳道：「專用電梯是到大堂為止，不能下到下層，他們要轉電梯。」

看他們兩人的神情，似乎來的這三個人，要增加轉電梯這樣的小麻煩，他們也覺得開心，由此可見，雙方之間的嫌隙，是何等之甚。

接着，電梯門打開，一共是四個人，走了進去，電梯門關上。

成金潤轉過身來：「專用電梯中沒有閉路電視，看不到他們在電梯中的情形。」

良辰美景道：「看他們抵達大堂的情形吧。」

大堂的畫面，一共分成三個部分，包括了大堂的全部，這時正是人進出最多的時候，電梯之間，等滿了人，專用電梯的出口在大堂的一個轉角處，比較靜一些，有兩個警衛守護着，不准人接近。

專用電梯的門外，也沒有指示燈，成金潤根據電腦的運作在報告專用電梯的情形：一切正常。

他在說「一切正常」的時候，聲音有點異樣。接着，我們所有人都不出聲，氣氛更是古怪之極。黃堂就在這時問了一句：「我們在等什麼？」

兩陳連想也沒有想就回答：「等出事……」

良辰美景悶哼一聲：「一切都正常，會有……什麼事？」

兩陳道：「誰知道——觀眾看馬戲團的空中飛人的時候，看高速賽車的時候，潛意識之中，都會有等出事的念頭，我們現在就是這樣。」

兩陳說到這裏，向我望來，我苦笑：「是，現在我們每一個，都有這樣的念頭。」

黃堂駭然：「會出什麼事？」

成金潤在這時冒出了一句話來：「任何事。」

大家都向他望去，他作了一個不明所以的手勢：「電梯中發生的事，無從監視，所以也就可能發生任何事。」

他在這樣說的時候，仍然一直在留意電腦終端熒屏上的各種數據的顯示，然後，又喃喃說了好幾次：「一切正常，一切正常。」

良辰美景又叫了起來：「怎麼那麼久還未曾到？」

成金潤道：「那是你們心急等待的心理作用——從頂樓到大堂的時間，是一百一十秒，一秒也不會多，一秒也不會少，如今才過去了七十四秒，電梯現在二十五六樓，只要一切正常，它一定會準時到達大堂，再需要一秒鐘，打開電梯門——」

他一直在說着，時間自然一直在過去，幾十秒的時間，彈指即過，他的偉論還未曾發表完畢，那專用電梯的門，已經打了開來。

我們首先看到的是：那兩個警衛，轉頭向電梯看了一眼，那是十分自然的動作，看了之後，他們的神情，也沒有什麼異樣。

閉路電視裝設的角度，可以在熒屏上見到打開了門的電梯中一半的情形，並不能看到全部。

我們當然在等那三個陶氏集團的要員和工作人員走出來——並沒有等多久，只有兩三秒鐘，並沒有人從電梯中出來，我們所有人，都不由自主，發出了一下驚呼聲來。

出事了！一定出事了。

我向各人看去，人人的臉色，都蒼白之極，各人都不是沒有見過世面的人，可是在那一剎間，也都僵呆着不知如何是好。

只有成金潤，他僵呆的時間最短，他的雙手還在發抖，就本能地按下了很多按鈕，同時，盯着顯示數據的熒屏看着，神情怪異莫名。

我雖然對電腦不算外行，但是每具電腦都儲存着不同的資料，要在一具陌生的電腦之前，弄明白熒屏所顯示的數據內容，是不可能的事，正如任何人都無法了解一個在馬路上擦身而過的陌生人的內心世界一樣。

不過，我可以知道，成金潤必然注意到了什麼，因為他的神情古怪，揉合着驚懼疑惑。而且，他一發現我在注意他，立刻停止了動作，並且努力裝出若無其事的樣子。

這就更令我肯定，有一些事發生了，可是他卻不想對別人說。

本來，我可以立即揭穿他這一點，可是一發現四個進了電梯的人，又不見了，所引起的混亂，實在可想而知。黃堂大聲叫：「電梯槽底部，他們又躲到電梯槽底部去了。」

黃堂的叫聲，並不如何恐怖，可是他叫出來的事實，卻難免令人遍體生寒。

管理室中還有一些工作人員，有的也和我們一樣，目睹三個重要的人物下直升機，和工作人員進入電梯，可是這時又不見有人從電梯中出來，這種怪異的現象，也令他們不知如何才好。

良辰美景首先身形閃動，離開了管理室，其他人跟着，一到了大堂的專用電梯外面，看到了全部電梯內的情形，所有人都不約而同，去看電梯頂部的那個小門，而那個小門，有着明顯的，被推開過的迹象。

和管理室主任一樣，這四個人通過電梯頂上的小門，攀出了電梯，所不同的是，主任在攀出去的時候，通過閉路電視，有人看到。這四個人攀出去的時候，沒有人看到。那麼，他們應該也在電梯槽的底部了？

在經過一番擾攘之後，確然在這部專用電梯槽底，發現了那四個人，和失蹤者一、二以及管理室主任一樣，四個人都如同木頭人一樣，除了間歇性的眨眼之外，簡直就只是四個活的身體，這是十分恐怖的情形。當四個人被找出來之前，已經料到可能情形會令人極度震駭，所以警方封閉了大堂一角，不讓人接近，同時，圍起了帆帳。所以，當四個人被醫護人員帶走的時候，只有有關人員在場。

這全是一段時間之後的事，當時，由於極混亂，而且，還有一些別的、意料不到的事發生，所以無法按順序敘述，只好先把後來發生的事說了，再轉過頭來，說當時發生的意外。反正電梯並沒有把人「吞吃」下去，而只是令人變得喪失神智，屈着身，躲在電梯槽底——當然，如果長時間不被發現，也必然會餓死。

專用電梯一共有兩部，當我們發現電梯中一個人也沒有而大驚失色的時候，那兩個警衛，還莫名其妙，不知道何以我們會對着一架沒有人的電梯，如見鬼魅。

而就在這時，另一部專用電梯，就在旁邊的，也亮起了燈，表示電梯到達了大堂，門一打開，就有三個人，一起跨了出來。

這三個人的出現，令人感到十分意外，因為誰都知道，專用電梯，是陳氏兄弟專用的，誰也不能擅進，所以，一看到電梯居然被人使用了，他們兩人自然而然的反應，是臉色一沉。

可是，這時一馬當先，自電梯中跨出來的那個人，臉色更加陰沉，而一看到了那人是誰之後，陳氏兄弟的神情，變得驚訝之極。

那人不是別人，正是大豪富陶啟泉。

黃堂曾接報告，說陶啟泉要到這裏來找我，沒想到他和隨員，會乘兩架直升機來，第一架直升機，載來了他的三個重要助手，他自然是乘搭了另一架直升機來的。第一架直升機先到，三個要員由工作人員陪同，搭一號專用電梯下來，結果失了蹤。陶啟泉後到，搭第二號專用電梯下來，從他生龍活虎跨出電梯的情形來看，他顯然沒有遇到任何意外。

陳氏兄弟在商場上的地位不算低了（他們擁有兩棟六十層高的大廈），可是若和陶啟泉一比，還是小巫見大巫，儘管在商業行為上，陳氏兄弟屢次向陶氏集團作挑戰，可是在面對面的情形下，他們也不免有點氣餒。

（這是十分奇怪的一種人類行為——處於弱勢的人，即使明知強勢的一方奈自己無何，自己也決不必向強勢的一方要求些什麼，地位應該是平等的，可是一旦相會，弱的一方，就自然而然，會感到氣餒，無法在心理上得到平等的地位。）

陳氏兄弟一臉的驚訝神色未消，已準備迎上去，可是陶啟泉卻根本未曾把他們放在眼中，眼光甚至不肯在他們的身上多停半秒鐘，只是冷冷地望了他們一眼，就立刻向我望來。

陶啟泉這種不可一世的神態，令得陳氏兄弟僵在那裏，不知如何才好，陶啟泉已指着我，嚷了起來：「衛斯理，你欺人太甚了。」

我不禁苦笑，明明是他自已欺人太甚，他卻把這罪名派到我身上。我也不和他爭，只是道：「這裏發生的事太多了，我需要處理。」

陶啟泉大聲道：「我六個重要的手下出了事，我要你幫我處理。」

我望着他，一字一頓的說：「是九個，不是六個。才到的三個，我目睹他們進入電梯，可是電梯到達大堂，卻是空的。」

我一面說，一面向他身後的一號專用電梯指了一指，陶啟泉立即回頭去看，饒是他不可一世，這時，也現出了駭然之極的神色來。

陳氏兄弟這時，略為定過神來，想和陶啟泉去接近，可是一下子，就被一個身形高大魁梧之極的人，攔阻在他們和陶啟泉之間。

那人是一個真正的巨無霸，身高絕對超過兩公尺，身子紮實得像石雕，雙手握着拳，拳頭的直徑，接近二十公分。這個巨無霸，是陶啟泉的貼身保鏢，是一個奇特之極的奇人——在這個奇人的身上，有許多奇怪的故事，但是和這個故事無關，所以介紹他的外形就算。

電梯中出來的是三個人，另一個則是雙子大廈的工作人員，這時正和陳氏兄弟在說着話，樣子十分惶恐。

陶啟泉望向我，想說話，可是張大了口，卻一點聲音也發不出來。

我吸了一口氣：「希望可以在電梯槽底找到他們，不過他們也可能……」

第十部

全世界無處可申的冤屈

我沒有把話說完，只是接着做了一個手勢，因為誰都可以知道是什麼意思——後來，果然，找到那四個人的時候，四個人都失了神智。

陶啟泉的神色慘白，他向陳氏兄弟指了指，看來他仍然在懷疑陳氏兄弟搗鬼，我搖了搖頭，表示一切都不關兩陳的事。

陶啟泉的神情，又是驚恐，又是憤怒——他屬下的幾個要員，成了木頭人，這對他來說，自然是一個十分沉重的打擊。

而且，怪事的性質，可怕之極——電梯失常，弄死了兩隻搜尋犬，這樣的情形，還可以理解，可是，人在電梯之中，是怎麼會喪失神智的呢？電梯發揮了一種什麼樣的力量，才使人喪失神智？

如果電梯有這種力量的話，那麼，它就不再是一具升降機，而是一具無可名狀，可怕之極的不知名的機器，變成了專吞噬神智的怪物。

人的神智，發生自人腦，電梯是不是已成為專噬人腦的怪物了？

一想到了這種可能，實在令人不寒而慄。

我想，當時想到了這一點的，一定不止我一個人，因為人人面色變白，一聲不出，顯然每個人，都想到了這個可怕的推測。

而且，恐怖的程度還不止如此——電梯的這種能力，如果來自電腦，那就更可怕了，電腦已經控制了人類的生活，如果像成金潤所說的那樣，電腦由於電腦病毒的侵入，而變得畸形，那麼整個人類也只好跟着電腦變成畸形，因為人類習慣於相信電腦，依賴電腦，使用電腦，已經陷入不能自拔的境地了。

舉一個最簡單的例子，銀行幾乎已完全使用電腦了，而且也完全相信電腦，如果閣下清楚記得自己的銀行存款是兩萬元，可是電腦紀錄顯示只是一千三百元的話，銀行是根據電腦資料處理，還是根據閣下的記憶來處理？

閣下遭到了損失，受了冤屈，可是，到哪裏去投訴呢？打官司，法院會根據什麼來判決？向人申訴，別人相信電腦還是閣下的記憶——這是通天下無處可訴的冤屈，或許只有天上的神明，可以幫閣下伸冤，但神明畢竟是十分難以接觸的。早在許多年之前，東方大都市香港的水務部門，就因為電腦顯示存水量不足，而宣布在全城範圍內實行限制供水，可是在那時候，人人都可以看到，各大儲水庫儲水相當充足，不會缺水。

可是，根據什麼數據來行事呢？當然是電腦數據。因為人類自從開始使用電腦以來，已經建立了一個根深蒂固的觀念，電腦是不會錯的。儘管電腦有過很多次出錯的紀錄——美國國防部的電腦，就曾誤發有敵方火箭來襲的警報，而在十秒鐘之後糾正——如果糾正的時間延長到三十秒呢？只怕另一次世界大戰已經爆發了。

電腦並不那麼可靠，有許多例子放在那裏，可是人類對電腦的信任，卻有加無減，這種情形，實在十分不可思議。為什麼人類會那麼糊塗呢？

我們讀歷史，經常可以看到最高統治者忠奸不分，往往寵用奸臣，結果誤國誤民——皇帝怎麼會那麼糊塗呢？是不是身在當時，全然不知，要成了歷史，才能使人明白看清楚？

而等到成了歷史的時候，大都是悲劇收場，人類無限制地信任電腦，會陷入什麼樣的悲慘境地之中？

我思潮起伏，愈來愈無法把那種恐懼之感消除，手心在不由自主冒着汗。

兩陳是最先開口的，他們問：「成……那個副主任呢？請他來。」

我也直到這時，才發現成金潤不在，他應該在的，剛才我們人人離開的時候，他為什麼不跟出來呢？

良辰美景這時也花容失色，一左一右，緊靠着我，像是這樣才可能安全一點，我心中苦笑，明知那是全人類的災禍，我本事再大，只怕也無能為力。

兩陳又道：「電腦的……運作……如果正常，是……不應該有這種可怕的事發生的。」

陶啟泉也定下了神來，他向我使了一個眼色，壓低了聲音：「九個人都成了木頭人，衛斯理，這是什麼巫法？」

我緩緩搖了搖頭：「這不是巫法。」

我並不奇怪陶啟泉提出「巫法」的説法來，因為我約略知道，他早年收養的一個畸形女嬰，長大了之後，變成了超級女巫，而這個超級女巫，最近又由於一種叫「血魘法」的巫法的反噬，而變得神智全失，成了活的木頭人，超級女巫的密友原振俠醫生正在大傷腦筋，據説就算上天下地，也要令她復原。

儘管有這樣的事發生着，可是我仍然認為這九個人（應該是十二個，還有三個是雙子大廈的工作人員和管理主任，陶啟泉不把他們算在內）在電梯中被奪走了神智，是電梯在作怪，是電腦在作怪，和巫法無關。

我當時是這樣想的，一直到後來，才知道自己的想法不是很對，那是由於誰也不知道，巫法的範圍，竟然可以擴大到了這等地步。

以後發展的事，以後自然會有交代，此處不贅。

陶啟泉不理我的反應，又自顧自道：「要是剛才我先來……進了這架電梯——」

兩陳一直在受到陶啟泉的冷淡，這時，他們冷笑道：「那你也會從電梯頂上爬出去，像白癡一樣，伏在電梯槽的底部。」

陶啟泉本來絕不會和兩陳爭辯什麼的，但是這時，怪異的事，令得他的情緒不是很正常，他衝兩陳一瞪眼：「你們搭電梯的時候，更要小心，這電梯成了妖怪。」

兩陳立時冷笑：「陶氏大廈的電梯也一樣，也有人在那裏變了白癡。」

陶啟泉不由自主，打了一個寒戰，兩陳也一樣，面色都難看之極。

他們當然都想到了同樣的問題：以後，還搭不搭乘電梯呢？

良辰美景究竟年輕，這時，她們提出：「或者……多點人進電梯去，電梯中擠滿了人，就算有什麼人想從……電梯頂爬出去，也無法行動。」

陳氏兄弟在這時候，深深地吸了一口氣，我注意到他們兩人，用力緊握了一下手——通常，這樣的身體語言，是表示對某一件事，有了堅決的決定。

同時，我也看到良辰美景也留意到了陳氏兄弟的小動作，而她們本身，也有相類似的動作。

當時的情形十分亂，我也無法去細想他們四個人是有了什麼決定，後來才知道，那是一個絕妙的主意。

陶啟泉在聽了良辰美景的提議之後，居然十分認真地點了點頭：「可以考慮！可以考慮。」

因為事實上，絕無可能停止使用所有大廈的電梯。雖然明知人在電梯之中，會發生可怕的意外，也無可能停止使用電梯。

人的心理就是這樣的：除非是一定會發生可怕的事，才會避免使用那東西。最明顯擺在那裏的例子，就是汽車。在人類活動的範圍之內，每天因汽車而死亡的人，因汽車而受傷的人，不知有多少，可是誰也不會想到，再也不使用汽車。

人把因汽車而死亡傷殘的情形，稱之為「意外」，既然可以有汽車意外，飛機意外，許多許多意外，為什麼不能增添一項電梯意外呢？

我抱着無可奈何的心情，把這一番意見說了出來。各人都默然不語，顯然除了接受之外，也別無他法可想。到目前為止，最可怕的「電梯意外」是人會變成木頭人，比起汽車意外來，似乎還好得多，說不定久而久之，人類會習慣，會不再害怕。

就在這時候，剛才應命去請成金潤的那工作人員急匆匆走回來，向兩陳報告：「找不着成副主任，沒有人知道他到哪裏去了。」

兩陳皺着眉，我心中一動，想起這人曾有些動作，相當不可解——他曾在電腦控制台之前，看到專用電梯中沒有人的時候，有一剎間的驚恐，但是卻立即裝成若無其事的樣子，像是力圖掩飾什麼。

我們曾認定管理主任很有問題，他是副主任，是不是也有點干連？

我正在想着，兩陳駭然：「他……難道也到了電梯槽的底部？」

這時，陶啟泉正在不斷催促我和他一起離去，到醫院去看那些受害者，看他表現得這樣焦急，雖然我明知去了也無補於事，但也只好勉強去走了遭，我說了一句：「在所有電梯槽底部找一找，如果他不在電梯槽底──」

成金潤不在電梯槽底，下一步的行動怎麼樣，這時我也說不上來，只好道：「把他的一切資料準備好，我有用。」

兩陳答應着，我望向陶啟泉：「搭直升機走？」

陶啟泉略呆了一呆，因為這句平日再平常不過的話，這時，已成了一個挑戰。

陶氏集團來了兩架直升機，一架載的是三個要員，這三個要員已變成了可怕的木頭人──過程是在兩架專用電梯之一內發生的。

陶啟泉如果要搭直升機離去，總不能走樓梯上六十樓，他也需乘搭電梯，也就是說，他需要冒變成木頭人的危險：這是對他勇氣的挑戰。

在他猶豫的時候，兩陳用冷冷的眼光望着他，他立時有了決定：「當然搭直升機。」

他用力一揮手，向專用電梯指了一指，而且，指的正是剛才三個要員搭的那一架。

他那個身形高大之極的保鑣，先一步進了電梯，陶啟泉和我，跟着走了進去。

我望向兩陳和良辰美景，他們都搖了搖頭，表示不想進電梯來。這時，電梯門已經關上，也開始向上升。

那保鑣，我不知道他心中在想些什麼，因為這個巨人，根本一點表情也沒有，臉部像是石頭雕出來的一樣，甚至眼珠之中，也絕不流露任何感情。

不過，我相信陶啟泉這時的想法，是和我一樣的：都感到怪異莫名。

乘搭電梯，是在現代化城市中的人每日必有的行動，再普通不過。可是這時，當電梯向上升的時候，我和陶啟泉都不由自主，抬頭看着電梯頂上的那個小門，心中有莫名的恐慌。

已經證明所有受害者都是從這個小窗離開電梯的，因為曾通過監視系統，見到過管理主任有這種行動。至於離開了電梯之後，如何會到了槽底，還殊不可解，因為陶氏集團的幾個要員，都絕不是身手矯捷的人。

而最怪異的是：是什麼力量使得受害者有這種怪異的行動？用陶啟泉的話：那是什麼巫法？

電梯愈是向上升，我心跳就愈是加劇。

這種情形，令人十分難受，我很想找些話來説説，調和一下，可是和陶啟泉這種大財閥之間，又實在沒有什麼共同的題材可説，所以始終只好望着電梯頂——反正事情已經夠怪異的了，若是那小窗子忽然打開，垂下一條無形的繩索來，將我們三個人都套住了拉出去，我也不會更加覺得奇怪的了。

電梯上升的速度，其實是正常的，可是在感覺上，卻像是出奇地慢，在我深深吸了三口氣之後，倒是陶啟泉先開口：「這些怪事……照你看，全是……什麼在作怪？」

我一點也未加考慮就回答：「電腦。」

陶啟泉沉默了半晌：「電腦……為什麼會有那些怪異的行為？」

我嘆了一聲：「在你未來之前，一位電腦專家解釋，不住入侵的各種電腦病毒，使電腦起了畸變——即使是這種解釋，也只是一種設想，真正的具體情形如何，完全無法知道。只是肯定了電腦在起了畸變之後，非但會不受控制，而且還會成為神通廣大的怪物。」

陶啟泉更是駭然：「這……怪物的神通，會大到了什麼程度？」

我也正好想宣泄一下心中對這種畸變的恐懼，就算陶啟泉不問，我也要繼續說下去——不過，情形實在是很可笑的，因為我根本不知說些什麼才好。

所以我用「不知道」作為開始。我道：「不知道。我想，要看這個電腦所能控制的範圍，例如只是管理這棟大廈，它就能在大廈的範圍內，通過各種由它控制的器材，為所欲為。兩陳說過，它要摧毀一座大廈，也是輕而易舉的事。」

陶啟泉張大了口，恰好在我說完了這幾句話之後，專用電梯已到了頂樓，在略頓了一頓之後，電梯的門打了開來，陶啟泉急不可待，向外闖出去——令我很感動的是，他不是一個人搶着衝出去，而是拉着我，一起衝出去的。

出了電梯之後，他先是吁了一口氣，然後，把我的手臂，握得極緊，面色變白，欲語又止。

我忙道：「你想說什麼？」

他向上指了一指，我明白他的意思，是等上了直升機再說，我想令氣氛輕鬆些，開玩笑地道：「在直升機上，至少不在電腦威脅的範圍之內。」

陶啟泉瞪大了眼望着我，緩緩搖了搖頭：「衛斯理，想不到你會說出這種沒有常識的話來！現在連稍為像樣一些的照相機，都有微型電腦裝置，你怎麼說設備如此先進完善的直升機，會不在電腦威脅的範圍之內？」

我不禁感到了一股涼意，當然，陶啟泉的話是對的。我只好什麼也不說。

那巨人保鑣在前面開路，不一會，我登上了直升機。機艙內舒適之極，完全像是一個佈置典雅的起居室。

陶啟泉打開一瓶酒來，竟急不可待，就着瓶口，就喝了一大口，然後遞給我。那是一隻相當沉重的，有着長長瓶頸的極品水晶瓶，用這樣的瓶直接來喝酒，我的生活雖然多姿多采之極，也還是第一遭。

陶啟泉抹着口角，巨人保鑣開口吩咐駕駛員：「到醫院去。」

我還是第一次聽這個巨人保鑣開口，他的聲音，也和他的神情一樣，平板而冷漠，像是機器人。

直升機起飛，陶啟泉道：「你可知道，去年，由於電腦病毒的影響，整個集團的損失，超過了一億美元？」

我眨着眼：「那是全球性的災難，各種各樣的電腦病毒，都造成損失，其中，最厲害、普遍的是『黑色星期五』，還有病毒稱作『耶路撒冷』的，真是匪夷所思，早幾年提出這些來，是會被人當作是幻想小說中的情節。」

陶啟泉的神色蒼白：「在陶氏集團中發現的病毒……在全世界未曾有類同，專家有意將這種病毒定名為『陶氏病毒』，是被我反對掉的。」

我也覺得陶啟泉很有驚恐的理由，怪問道：「這種電腦病毒，是針對破壞陶氏集團的電腦？」

這個問題，本來並不難回答，可是陶啟泉卻現出了十分為難的神情——自然，這種神情，只是一閃而過，可是他卻伸手在我的手背上敲了幾下，顧左右而言他：「那九個人，我吩咐運到集團屬下的醫院中，另外三個人我就不管了。」

我領會他的意思是：剛才的那個問題，退一步再說。而我想來想去，他不立即回答我這個問題的原因，是為了不想被巨人保鑣聽到——兩個駕駛員有相當距離，而且有阻隔，聽不到我們的談話。巨人保鑣是陶啟泉貼身的保護者，自然可信任之至，可是陶啟泉連他也不願透露，可知這個尋常的問題，一定涉及了不可思議的不尋常的秘密。

當下我想了一想，也就順着他的語氣，轉了話題：「如果醫院能令受害者恢復神智，那麼，那個管理主任，十分值得注意。」

當我這樣說的時候，我又自然而然想到，副主任成金潤，也一樣值得注意，希望他不會再成為受害者。

陶啟泉神色陰晴不定，沒有再說什麼，不一會，直升機在醫院降落，那是一家規模相當大的醫院，由陶氏集團以「研究基金」的名義所設立，設備極之完善。

直升機降落之後，陶啟泉顯得更加不安，緊握着我的手臂，忽然說了一句：「我堅持要你到醫院來，另外還有一個原因。」

我聽了之後，向他望去，他卻又避開了我的眼光，態度曖昧之至。我知道他不論有着什麼樣的秘密，除了和我商量之外，沒有別人可以商量了，所以我並不心急想知道，也沒有問他。

進入了醫院的建築物，幾個醫生一起迎了上來，其中有一個腦科專家和兩個精神科專家，我都見過幾次，他們也無暇寒暄，只是向我點了點頭，就一起向着陶啟泉大搖其頭。

我問道：「受害者的情形怎麼樣？」

幾個醫生面面相覷，像是不知如何回答才好。我又問：「是不是類似突發性的失憶症，或是突發性的癡呆症？」

人的腦部組織，其實相當脆弱，雖然腦殼十分堅固，可是只要受到重擊，甚至於只是精神上受了巨大的刺激，也可以使腦組織活動錯亂的。

腦科專家再想了一想，才道：「九個人的情形一樣，毫無記憶……自不必說，腦電圖呈鈍圓形的波紋，這表示他們的腦組織活動，比正常緩慢了許多——在這種情形下，根本沒有控制身體活動的能力。」

他講到這裏，略停了一停，才道：「通常，只有在極嚴重的晚期老年癡呆症上，才有這種波紋的腦電圖出現。」

我大是駭然：「這種情形，如果再進一步，那是什麼情況？」

幾個醫生異口同聲：「再進半步，就可以宣布為腦死亡了。這九個人，是最沒有希望的植物人……」

陶啟泉聽到這裏，不由自主，發出了一下呻吟聲來。

那腦科專家望着我：「有一個現象，相當怪異，我們無法在醫學上作出任何解釋，但衛斯理先生或者感到有興趣。」

我忙道：「請說。」

腦科專家道：「對九個受害者所作的腦部檢查，是通過電腦設備的檢查儀進行的——」

我才聽了一句，就不由自主，發出了一下相當怪異的聲音來，嚇得那腦科專家停了下來，盯着我，以為我有間歇性的羊癇病。我向他作了一個手勢，示意他繼續說下去。

腦科醫生續道：「九個受害者——事實上，是檢查了七個受害者，後又有三個受害者送到醫院，我們只檢查了一個，還有兩個未作檢查，不過相信情形也會一樣。」

我嘆了一聲：「究竟是什麼情形，請你快些切入正題，別說不相干的話……」

那腦科專家火氣甚旺，可能是工作得太累了，他怒道：「我說的每一句話，都有相干。」

我又嘆了一聲，自然沒有和他再爭論下去，他兀自大口喘了幾口氣，才能繼續說：「受害者電腦控制的儀器作腦電圖，一般正常的人，都需要一個過程，因為電腦要時間搜尋資料，這個過程，通常是十秒到十五秒。受害者顯然腦部活動有了障礙，就需要更長的時間，估計要超過二十秒。」

他說得十分詳盡，基於他曾發過怒，所以我也不敢再請他別說不相干的話了。

他再吸了一口氣：「可是我們檢查過了七個受害者，卻全然沒有這個過程，半秒鐘也沒有，一上來三個，還弄得我們手忙腳亂！這種情形……很怪，只有兩個可能，會有這種情形發生。」

第十一部

絕頂機密的泄露

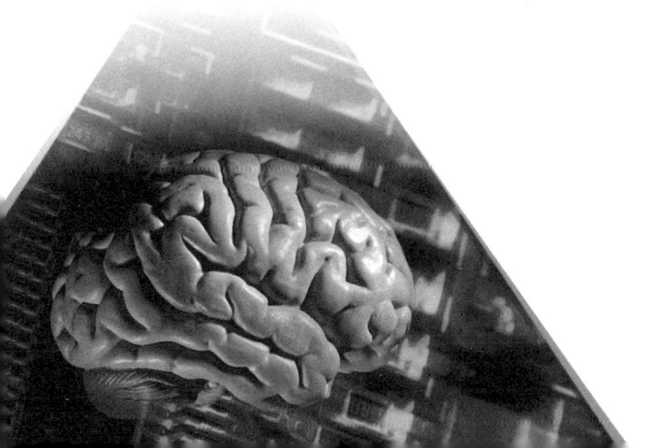

腦科專家說到這裏，向我望來，我示意他說下去，他道：「這兩個可能，都只是假設，而且和我醫生的身分並沒有關係，只是看你的敘述多了，而得出來的聯想。」

腦科專家道：「第一個可能是，受害者早就接觸過電腦控制的檢查儀，檢查儀中有着他們從正常到不正常的全部資料。」

我呆了一呆：「第二個可能呢？」

專家道：「第二個可能是第一個可能的逆局，也就是說，不是檢查儀接觸過受害者，就是受害者，曾經接觸過檢查儀。」

我苦笑：「其實只是一個可能：兩者之間，曾有過接觸？」

腦科專家苦笑：「理論上是這樣，但實際上無此可能，因為沒有一個受害者曾接觸過這套設備。」

我不禁疑惑：「你肯定？他們全是集團的要員，而這套設備屬集團的醫院所有。」

我的意思是，集團的要員，平時檢查身體什麼的，也可能接觸過這套檢查儀的。

腦科專家和其餘的醫生，都神情怪異：「確實沒有可能——整套設備是新設置的，啟用才十二天。並沒有他們曾使用過的紀錄。」

他說到這裏，雙眼發定，望着我，等我作進一步的解釋。我不禁苦笑，不錯，我很能對一些怪異的事，作出假設，可是像這種專門之極的事，我聽都不是很聽得懂，怎麼能作出假設來？

而這時，陶啟泉又表現得十分不安，至少已悄悄拉了我的衣袖三次以上，這是在暗示我別再和腦科專家討論下去，他另有要事和我商量。在這樣的情形下，我只好攤了攤手，表示無能為力。這時，幾個醫生中一個年紀最輕的，長着一副娃娃臉的忽然道：「衛先生，我有一個設想。」

我作了一個手勢，不理會陶啟泉在一旁發出了不滿意的悶哼聲，請這位年輕醫生說他的假設。那醫生說：「這幾個人，他們雖然未曾接觸過詳細的全身檢查，電腦資料上有着一切詳細的紀錄——」

他才說到這裏時，我就「啊」地一聲：「你的意思是……新的電腦檢查儀，自動獲得了資料？」

年輕醫生點了點頭，說了一句聽來相當稚氣，但是也絕頂可怖的話：「它們都是電腦，既然是同類，自然同聲同氣，互相方便。」

陶啟泉顯然接受不了這種語言，緊蹙着眉，我深深吸了一口氣，向腦科專家望去，專家的神情茫然，可是卻自然而然點着頭，顯然他也認可了年輕醫生的話。我的聲音之中，有着恐懼的成分：「別說同在一家醫院之中，事實上，全世界的大小電腦，都可以互相串通來交換資料的。」

我這樣說法，不是假設，而是事實。電腦資料，確然可以互通，在美國，就有幾個中學生，使美國國防部的機密電腦資料，出現在他們家中自用電腦的終端熒光屏上，在電腦世界之中，所能發生的怪異的事，超過人類的想像力不知多少倍，電腦在人類全無警惕，不知不覺的情形下，不知在做些什麼事。

我的話，引起了陶啟泉十分強烈的反應，他發出了一下呻吟聲，面色變白，一手抓住我的手臂：「衛斯理，你跟我來，我有點事告訴你。」

他不由分說，拉着我出去，令得那幾個醫生不知發生了什麼事。

作為支持這家醫院的研究基金的主席，陶啟泉在醫院的頂樓，有一間辦公室，他就一直挽着我的手臂，帶我進了這間辦公室，直到進了房間，他才鬆開了手，把門關上，背靠着門喘氣。

他的神態如此怪異，令我驚惶不已——我們上來的時候，也曾乘搭過電梯，是不是他在電梯之中，喪失了一部分神智呢？

他掏出手帕，抹了抹汗，才示意我坐下來，舔了舔口唇，道：「剛才我向你提及，集團的電腦，出現了一種獨有的病毒，專家曾提議為『陶氏病毒』。」

我見他已恢復了常態，也就盡量使自己的神態輕鬆，來回走着，點了點頭。

陶啟泉吸了一口氣：「這種侵入的病毒，不但破壞一般性的資料，而且……也破壞我個人的絕對機密資料——」

說到這裏，他抹了抹汗，聲音也有點變：「有一次，竟然在資料之中，加進了兩句話……兩句話……」

陶啟泉說到這裏，已經聲音發顫，人也在發着抖，雙眼之中，已充滿了恐懼，望定了我。

我快步走過去，按住了他的肩頭，他才算能把話繼續說下去。

他說的是：「那兩句話是『勒曼醫院的後備心臟並不能一直用下去，應該再去想辦法了！』這……電腦病毒……竟然能知道我……最大的秘密。」

陶啟泉的話，只說到一半，我也為之驚呆。

這種事在若干年之前發生，十分複雜，我曾詳細地記述在名為《後備》的這個故事之中。簡單地來說，陶啟泉曾有嚴重的心臟病，但是他曾做了心臟移植手術。手術絕對成功，因為移植上去的心臟，可以說是他自己的，絕不會有排斥的情形——取自勒曼醫院走在時代尖端的一群醫生，利用無性繁殖，培養出來的「後備人」。後來，事實又證明，勒曼醫院的醫生之中，有隱瞞了身分的外星人在。這一切，對陶啟泉來說，當然是秘密，他也不會把這個秘密告訴任何人。

知道這個秘密的，應該只有勒曼醫院，他自己，以及另外少數幾個人——我雖然記述了這個故事，但還是把他真正的身分，作過徹底的掩飾，不會有人知道他真正的身分。

那麼，在陶氏集團的電腦之中，怎麼會出現這樣的句子呢？

一時之間，我和陶啟泉都不出聲，陶啟泉喘了幾口氣，才又道：「電腦管理人員根本不知道這兩句話是什麼意思，由於病毒的侵入造成了大損失，所以才有報告提交到我這裏來，我自然一看就明白。」

我喃喃道：「太……怪異了。」

陶啟泉則道：「太可怕了。你想想，這樣的秘密，它怎麼會知道的？」

我想起了剛才說過的話：「全世界的電腦，都可以互相串通的。」

這時，我又把這句話重複了一遍，陶啟泉失神地望着我：「勒曼醫院的電腦，和我這裏的電腦，互相之間，有了聯繫？」

我無可奈何地道：「還有什麼別的可能？」

陶啟泉神情駭然之極，我用力一揮手：「這種病毒也太猖狂了，簡直……簡直……」

我連說了幾個「簡直」，可是卻想不到該用什麼形容詞去形容。陶啟泉倒接了口：「簡直已經完全不受控制了，它在威脅我。」

在他說了這句話之後，我們相對默然，過了好一會，我才苦笑着道：「很多年之前，我就曾和電腦有過接觸，那時，電腦的使用，絕不普遍，只有軍事基地等大機構才使用，我接觸的那一座電腦，就屬於一個軍事基地。」

陶啟泉用心聽着，神情緊張：「那次的接觸，牽涉到了什麼重大的事故？」

我嘆了一聲，神情有點啼笑皆非，因為整件事，確然是叫人啼笑皆非的——我有一個表妹，徵求筆友，通訊之後，雙方要見面，對方卻無法露面，我陪着她找上門去，才發現所有的信件，全是一座電腦寫的，那座電腦已開始不接受控制。

在發現電腦終於會不受控制這一點上，我可以說是先知先覺的了。

我把經過的情形，扼要地告訴了陶啟泉，陶啟泉的反應是好一陣發怔，然後他才道：「那……怎麼辦呢？」

怎麼辦？人類在很多問題上，都不斷在提出怎麼辦？可是真正的辦法，也不是太多，許多問題，看來都是非解決不可的，可是拖在那裏，一拖幾十年幾百年的也多的是，怎麼辦，誰也不知道。

我伸手在臉上撫摸了一下——人在十分疲倦的情形下，常會有這種動作。我真的感到十分疲倦，而且，很後悔在那次和電腦有了那麼離奇精彩的接觸之後，竟然沒有去深入研究，以至現在，對電腦相當陌生。

我又想起了成金潤，覺得要去和他聯絡一下，多了解一些有關現代電腦的情況。

陶啟泉在問了幾聲「怎麼辦」，而看到我一點反應也沒有的時候，有一個短暫的時間，顯得相當焦躁，可是隨即，他像我一樣，無可奈何之極。

的確，除了無可奈何之外，也不可能有別的反應——他明知他集團的電腦系統，被可怕的病毒侵入，甚至公然出現恫嚇他——用只有他一個人才看得懂的句子，可是，他有什麼辦法呢？

沒有了電腦系統，他集團的龐大業務運作，立時就癱瘓了——不出三個月，就會被其他的集團所取代。

電腦和現代企業的關係，比古代的父子關係還要密切，父子關係，還可以用「大義滅親」來解決，企業和電腦之間的關係，看起來是共存共亡，誰也擺脫不了誰，但實際上，電腦決定了一切。

陶啟泉是集團的首領，可是這時，他明知電腦系統已經開始逐步不受控制，可是他有什麼辦法？一點辦法也沒有。他這個集團首腦是空頭的，控制不了屬於他集團的電腦系統。

在他明白了這一點之後，他除了無可奈何之外，還能做什麼？

而在這時候，他說了一句話，倒足以代表了許多人的心意，他道：「不會那麼快……危機不會那麼快就到……不可收拾的地步吧？」

我只好苦笑——誰都以為危機不會那麼快就來。二十年前，人們這樣想，二十年之後，人們還是那樣想，可是事實上，二十年的時間，危機早就悄然掩到了。

我拿起電話來，打到雙子大廈去找兩陳，在電話中，也分不出那是陳景德還是陳宜興的聲音，可是聽來，聲音有點怪，支支吾吾，我只是問他，成金潤有沒有出現，他說沒有，我又請他把成金潤的住址告訴我，他要我等一會兒。

估計在他向身邊的人在詢問的時候，我聽到良辰美景的聲音在說：「聯絡到了那批人沒有？」

兩陳的回答很模糊，沒有聽清楚，接着，他就給了我成金潤的地址。我隨口問了一句：「你們正在聯絡什麼人？」

可是我的問題，卻沒有立時得到回答，而是在兩秒鐘之後，才聽到了一句「沒有什麼」。我悶哼一聲，知道他們有些事在進行，可是我也沒有仔細去想，就放下了電話。

陶啟泉長嘆一聲，站起身來，向我作了一個手勢：「別對他人說起。」

我苦笑：「要說，也沒有什麼好說的。」

陶啟泉再嘆一聲，一起走出房間，他登上了他的直升機，我在醫院的門口，截停了一輛街車，吩咐駛向成金潤的住址，直到這時，我才留意到，成金潤的住所，是相當偏僻的郊區。那計程車司機也道：「先生，你要去的地方很遠，我入行十二年了，還未曾載過那麼遠的途程。」

我答應了一聲，改變了主意，請他先到我的住所，取我自己的車子前往，計程車司機大喜，連聲謝，還道：「先生你一上車，我就知道你必然不是住在那種地方的。」

我不禁失笑：「住在那地方，有什麼不好，只不過遠一點。」

司機卻另有見解：「哪有無緣無故，住得那麼遠的？他難道不要工作？就算收入再差，也比住那麼遠好，除非他有直升機，那又不同。」

計程車司機是一個相當沉悶的工作，司機喜歡發表點古怪的議論，倒也是人之常情，我自然不會把這樣的怪論放在心上。

等到我上了自己的車，向着地址進發，在一個半小時之後，估計至少還要一小時才能到達目的地時，我不禁想起那司機的話來，心中也感到疑惑之極：成金潤為什麼要住在那麼僻遠的地方呢？

他在雙子大廈工作，每天來回，至少要花上四小時的交通時間，他當然沒有直升機，也不是經濟條件負擔不起在市區或近郊居住，為什麼竟然住得如此之遠？

我一面駕車，一面想着，沒有答案，只好假設這個人有怪癖。可是，等到繞過了一個山頭，看到前面根本沒有車路的時候，我停了兩三分鐘，考慮是硬把車子開進去，還是步行前往。

最後，我決定把車子駛進一個山腳下的林子之中，又拉了一些枯枝，把車子蓋住，因為我發現，成金潤的住所，如此僻遠，那其中可能一定有古怪，他又無緣無故，誰都不說，離開了雙子大廈，我如果能不動聲色，在暗中接近他，可能會得到更多的線索。

雖然這時，我絕不能假設成金潤有什麼古怪，但總覺得他十分怪異。

我棄車步行，又過了二十分鐘左右，天色已黑下來了，才看到前面，有兩間屋子——是建築相當簡陋的石屋，黑沉沉的，並沒有燈光透出來。我迅速接近這幾間屋子，發現這裏可能是離城市最近的「世外桃源」了。我不認為這屋子會有水電供應，自然更不會有電話，這裏不會有任何現代化的設備。

這時，我忽然想起，遠離一切現代化的設備，這可能就是成金潤住在這裏的原因之一——雖然實質上，他也無法完全避免現代化的設施，例如他必須利用現代交通工具到工作的地點去，如果騎自行車，他也到不了雙子大廈。

我來到門口，門上並沒有鎖，我敲了敲門，問了幾聲「有人嗎？」，並沒有回答。這倒是意料之中的事，因為實在太靜了，屋子中如果有人的話，不可能靜成這樣的。

我試着推了推門，門應手而開，天色還沒有黑透，所以我還依稀可以看出屋子中的情形。屋中的陳設，再簡單也沒有，桌子和凳子，都是最簡單的，兩間房間之間，並沒有門，只是掛着布簾。

我從半掀開的布簾之中看過去，另一間房間，也只有木牀和蚊帳，倒是裏外都有不少書架，放着許多書，桌上還有一盞煤油燈——這玩意兒，在有些地方，還有出售，但絕不是買來用，而是買來裝飾的，當然，真要拿來作點明用，也是可以的。

現代人只怕早已忘記了煤油燈這東西，但是當年在中國，它替代了菜油燈的時候，也是最光亮的照明設施。供應煤油的商人甚至曾大言不慚地説他們給了中國光明。

我注意到煤油燈是使用過的，可知道屋子不是被荒棄，是有人住的，成金潤竟然住在這樣的屋子之中，那和他電腦專家的身分，未免太不適合了。

我出了屋子，轉到屋後，那裏是一間小小的廚房，灶是搭出來的，有鐵鏈從屋頂上懸掛着茶壺下來，燒的是樹枝，一切都十分原始。

看了這種情形，我不禁啼笑皆非，因為在一路前來的時候，我作過種種的設想，可是再也想不到，情形會是眼前這樣子。

我想的是，成金潤住得那麼偏僻，可能是正在進行什麼不可告人的勾當，說不定他是一個電腦怪傑，正在一所巨大的屋子之中，進行世界電腦病毒的大供應，等等，因為那才像是衛斯理的傳奇故事。

而眼前的情景，卻簡陋原始，一至於此，若不是剛才在書架上，確然曾看到過不少講述電腦的著作，我一定會以為那不是成金潤的住所，而是什麼性情孤僻的老人的避世之所。

這時，天色已完全黑了下來，我正待走出廚房時，聽到一陣犬吠聲，自遠而近，傳了過來，來得很快，一下子就到了近前，而且迅速地來到了廚房的門口，我向外看去，看到了一頭身形十分高大的大狗，正在廚房門口，作勢欲撲，吠叫得十分驚人。

那當然是這頭狗已發現了我這個陌生人的緣故，我不想傷了這頭狗，但也不能不自衛，所以順手找了一塊木板在手，準備大狗一向我進攻，我就動手，它如果只是吠叫，就對峙着等他的主人出現才說。

等了大約五六分鐘，那大狗一直在發出震耳欲聾的吠叫聲，才看到門外，有了人影，先是一個又高又瘦的人影，我一下子就認出，他是成金潤，除了他之外，另外還有兩個人。

成金潤已在出聲喝止那頭大狗，那大狗在門口團團亂轉，不再吠叫，四周圍頓時靜了下來。

成金潤的聲音傳來，可是我一聽，卻莫名其妙，他叫了一句：「六號，是你嗎？」

這句話的怪異之處，是他把我當成了「六號」。

一般來說，人都是有名字的，除非這個人的名字恰好是「六號」，不然，用號碼來替代人的名字，就是一件十分古怪的事情，只有在監獄中，才會有這樣的情形出現。

在我一怔之間，就已聽得成金潤身後的人道：「不是六號，是陌生人。」這句話，更使我知道，那個「六號」是他們的熟人。這時，我看到成金潤的手，揚了起來，通常，這是狗主人下令犬隻進攻的手勢，我知道如果再不出聲，可能會有麻煩，所以疾聲道：「是我，衛斯理。」

我一面說，一面就從廚房裏走了出來，那頭大狗，又向我一輪狂吠。

出來之後，我看清楚，除了成金潤之外，另外兩個人，都不過三十上下年紀，樣子十分斯文，一望而知是受過教育的人，他們都現出疑惑之極的神情，盯着我看。

成金潤一看到是我，神情十分不滿，「哼」了一聲：「你真是神通廣大，怎麼到我這裏來了？」

我吸了一口氣：「確然不好找，但是有些問題，想和你討論，所以還是找來了。」

成金潤一副拒人於千里之外的神情：「大名鼎鼎的衛斯理，怎麼會和我這種小人物有問題討論？我看你是白走一趟了。噢，倒是我有事麻煩你，請你告訴兩位陳先生，我辭職了。」

我冷冷望着他，在我的注視之下，他起先有一點不安，但隨即不再理我，拖着那隻大狗，和另外兩人一揮手，就繞向屋子前面去。

我忽然哈哈大笑了起來，大聲道：「成金潤先生，你們甚至連名字都不要了，可是那沒有用，絕對難以逃脫現代科學文明對你們的影響。」

我是忽然之間想到這一點的，成金潤住在這樣的地方，另外兩個人可能住在附近，他們又誤以為我是什麼「六號」，這一切，都說明有幾個志同道合的人，想過一種自然的，盡量遠離現代科學文明的生活，他們寧願打井水挑河水，也不願意用自來水，寧願點油燈，也不用電燈，是有一批這樣的「現代隱士」的。

可是，要做這樣的隱士，愈來愈難，幾乎無法成功。別說住在這樣的城市邊緣，就算真的住到深山野嶺去，也難以做到和現代科學文明的真正隔絕。

我一想到了這一點，就自然而然，叫出了那幾句話來，這幾句話，也立刻起了作用，他們三個人站定了，向我望了過來。

第十二部

如何逃得性命已是萬萬大吉

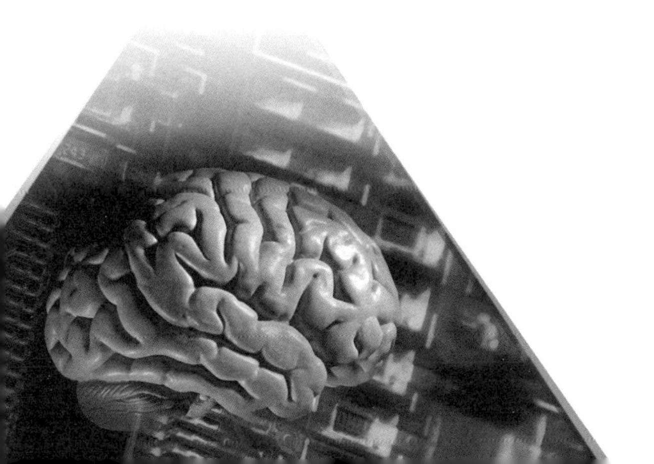

他們的神態，已經告訴了我，我的推測是完全正確的，這時，我對他們反倒不是那麼有興趣了，他們喜歡維持自己的愛好，那是他們的事，別人可以覺得他們的行為古怪，可是也不能干涉。

而且，他們的這種愛好，和我似乎也沒有什麼關係。不過我很討厭他們這種自以為是的姿態，所以我又諷刺了他們幾句：「其實，你們這樣做，也根本擺脱不了現代文明，只是自欺欺人——最好的方法，只有通過時間隧道，回到古代去。」

我這幾句話，肯定令得成金潤他們十分生氣，因為他們三個人的臉色，都變得十分難看。這時，又有一個人，幽靈似的從黑暗之中，冒了出來，這個人的手中，所持的是一個沒有點燃的火把。

我猜想這個人，可能就是「六號」，自然是志同道合的一分子，他持着火把的這種情形，看來十分古怪，叫人忍不住發笑。

我一面不客氣地笑着，一面指着他手中的火把：「不必真那麼原始吧！紮一個燈籠，也不是難事。」

那個人用莫名其妙的神情看着我，他才到，顯然不知道我是誰和發生了什麼事。

這時，成金潤用力一揮手，怒道：「衛斯理，你完全不知道我們在做什麼，卻一直在胡言亂語。」

我自然不會認同他的說法，我向他們各人指了一指：「你們聚在一起，在幹什麼，很容易明白——」

當我說到這裏的時候，又看到有兩團光亮，向前移來，竟然真的有兩個人提着燈籠，向前走來，我只感到滑稽之極，眼前的四個人，看來都受過高深教育，可是何以行為竟如此幼稚，會以為這樣的「隱居」，可以擺脫現代文明的影響？

我忍不住嘆了一聲，向成金潤手中的電筒指了一指：「你一定不會是領導人，你竟然使用電筒。」

我這樣說，當然是開玩笑性質，可是他們（連後來的那兩個提燈籠的人在內），對我的玩笑，卻像是感到十分嚴重，所有的人，都向成金潤望去，成金潤也舉起了手中的電筒來，神情猶豫。

這時，我看出他們絕不是精神不正常，而是真正用十分嚴肅的態度在做一些事——我不知道他們在做什麼，可是我喜歡用嚴肅態度處事的人。

所以，我停止嘲笑他們，同時，也開始想，他們對我的玩笑，何以如此認真？

只聽得成金潤先說話，他一面說，一面搖着手上的電筒——那是一把極普通的電筒，他道：「我用這個，和我們的宗旨，並不違背。」

那個拿火把的搖頭，向電筒指了一指：「可是你不知道它是在什麼樣的過程下生產出來的。」

在這裏，必須加插一個說明，這些人所說的話，當時我都聽得很清楚，他們的討論，十分公開，並不避人，可是我要好好想一想，才能明白他們討論的是什麼，一開始，全然莫名其妙。

拿火把的這句話，聽來一點也不特別，可是在那幾個人之間，又引起了相當強烈的反應，他們甚至一起發出了一下低呼聲來。

一個眉清目秀的小伙子，指着電筒：「對啊，你看，塑膠的外殼，當然是來自塑料工廠，還有金屬配件，是由金屬工廠來的。」

還有一個甚至在大呼小叫：「乾電池，電筒裏兩枚乾電池。」

他這樣叫着，雖然沒有下文，但是從上兩個人所說的話來推測，他想說的，極可能是「乾電池，是由電池工廠製造的。」

這些話，聽來根本是百分之一百的廢話，可是他們居然說得如此認真，而且，神情驚恐，出自內心，這就叫人覺得他們不是在鬧着說。

我忍不住插了一句口：「這電筒自然是由工廠製造出來的，而且牽涉的範圍極廣，單是那個小小燈泡中的金屬絲，就可以聯繫到一個金屬礦。」

那拿火把的人，向我望來，他年紀也很輕，他道：「你是新加入的？你的見解，十分精闢。」

成金潤悶哼一聲，我啼笑皆非：「我不是，我根本不知道你們在幹什麼。」

那人道：「不要緊，你很快就會明白。」

成金潤嘆了一聲：「這位是大名鼎鼎的衛斯理。」

那人「啊」地一聲，竟然十分不禮貌地把臉湊到離我十分近的距離，盯着我看，又道：「真怪不得，難怪他有這樣的見解。」

成金潤又道：「你別瞎纏了，他根本不知道我們在幹什麼事。」

那小伙子卻一再為我辯護：「他知道。他就指出，你手中的手電筒，和不知多少生產線，發生過關係，每一個過程，都可能和指揮編排生產程序的電腦系統有關，也就是說，和所有的，世界上所有的電腦系統，都有過串通的密切關係——」

小伙子說到這裏，其餘的人，發出低沉的驚呼聲，成金潤的驚呼聲最高。他不但驚呼，而且立時一揮手，把電筒向外直拋了出去。

電筒撞在不遠處的一株樹上，撞散了，自然也不再有光發出來。

那火把沒有點燃，所以，在我們幾個人之間，就只有那兩個燈籠所發出的光芒。燈籠的光芒，十分飄忽不定，所以更顯得各人的神情，十分驚疑。

這時，我已約略猜測到了這幾個人是在做什麼，我吸了一口氣，向那拿火把的道：「你手中火把的樹枝，是用什麼工具砍下來的？」

那小伙子的回答居然是：「我用磨薄了的石片，砍下樹枝來紮火把。」

我不禁呆了一呆——磨薄了的石片，那等於是回到石器時代了。

我又道：「算是徹底了，可是你身上的衣服，我看每一根纖維，還是都可以和全世界的電腦發生聯繫。」

小伙子吞了一口口水，神情變得相當尷尬。成金潤這時，向我望來：「現在，我們只不過是在……預習，是在做一種準備工作……所以，不必……那麼認真。」

成金潤這樣一說，我幾乎完全明白他們在做什麼了。我一面做一個手勢，示意我們可以進屋子去說，一面又道：「不認真的預習，對於將來的應變，並無用處。」

我這句話一出口，成金潤的神情，大是敬佩。本來他對我一直十分冷淡，此際卻有說不出來的恭敬，連聲道：「請！請！」

這表示，他也知道我已了解了他們的行動。他剛才還責斥我「什麼也不知道」，而在那麼短的時間之中，我就明白了，這自然值得他欽佩。

他帶頭走進了石屋，屋中沒有那麼多凳子，有的人就站着，也有的蹲着，有的來回走動，成金潤遲疑了一下，還是點着了煤油燈。

然後，各人自我介紹，包括了姓名、學歷和如今的工作，不出我所料，他們全是電腦專家，有着很高的學歷，深明電腦的運作。

成金潤望着我：「我們的恐懼，不自今日始，但是近來，在電腦管理系統的大廈之中，發生了那麼可怕的事，這證明了我們的恐懼，不是空穴來風，而是大有實據，我們恐懼會發生的事，總有一天會發生。」

所有人顯然都已知道在大廈之中發生的可怕的事是什麼，所以人人神情駭然。

我吸了一口氣：「用你們專家的語言來說，你們恐懼的事是什麼？」

成金潤一字一頓：「電腦由人類控制的時代結束，關係倒轉，由電腦控制人類。」

我苦笑：「這個時期，好像……已經來臨。」

成金潤和幾個人齊聲道：「已經進入了關係逆轉時期。已經進入了。」

一個補充：「將來的歷史記載——如果還有歷史記載的話，會這樣寫：關係逆轉，是在不知不覺中開始的，當人類愈來愈需要電腦的時候，就必然開始。而當關係逆轉完成，電腦很快就會發現，它不需要人類。」

成金潤的聲音聽來很生硬：「於是自然地，電腦就採取各種步驟，各種手段，消滅人類。」

我不由得打了一個寒戰，心中不是很願意全盤接受他的說法，可是又想不出話來反駁。

我道：「有這個可能。」

成金潤和身邊幾個人，都顯得十分悲哀：「不是可能，是必然會發生。到時，人類會完全沒有抵抗的能力。估計，要到了後期，人類已瀕臨滅亡時，人類才會覺醒——當然，一開始就知道玄機的人不是沒有，總有先知先覺的，像我們就是。」

我打了一句岔：「你們的團體有多少人？」

成金潤道：「至今為止，三十四個，為了不讓電腦知道我們的真正身分，我們都以編號來表示自己的存在，因為現代人的一切資料，早已進入電腦，電腦了解我們每一個人，其了解程度，遠在我們了解電腦之上。敵暗我明，大大不利，所以我們才要用代號相稱。」

當我被誤會是「六號」的時候，我只覺得事情很怪，可是卻絕想不到，還有這樣深刻的意義在內，這不禁令我肅然起敬。

同時，我也想到了更深一層：一旦到了人類和電腦大決戰的時刻，這批自小就和電腦打交道的人，自然是人類之中，對電腦最有認識的人，是電腦的頭號敵人。若是消滅行動一開始，他們是當然的首批被消滅的對象。

現在，電腦的猙獰面目還未暴露，關係逆轉正開始，他們就是先知先覺，覺察到這個大危機存在的少數人。

我十分誠懇地道：「你們應該大力發展成員，因為只有你們才了解電腦這個怪物。」

各人對我的鼓勵，並不興奮，反倒神情慘然，那小伙子道：「我們定期進行預習，準備先習慣，在電腦開始消滅人類的行動之後，如何完全避免和電腦發生關係，因為只有在那種情形之下，才能生存。」

他說到這裏，略頓了一頓，長嘆一聲：「不過，要做到這一點，困難之極。」

他向煤油燈一指：「譬如說，這燈，就可以成為殺我們的兇手。」

我想不到他的言詞之中，竟然是如此激烈，一時之間，也不知道他會有什麼樣的進一步解釋，所以望定了他。

他深深吸了一口氣：「正如你所說，全世界所有的電腦都是串通的，那就可以預知，在它們要展開行動之前，必然有周密的、統一的計劃，有十分詳盡的行動步驟，一切完全照計劃進行。」

我這時，有置身世界末日的感覺——雖然這些人所憂慮的恐怖情形，還未成為事實，但是我卻也知道，那危機總會降臨的。

可是我還是不很明白，我也指了指那煤油燈：「可是，一盞煤油燈，怎麼能成為殺人的工具呢？對不起，剛才你說煤油燈會成為『殺人兇手』，我認為

『殺人工具』這個說法，比較適合。」

小伙子道：「不管怎麼稱呼，它可以殺人。如果電腦預算到有一部分人，在知悉了自己的命運之後，明白唯一的求生機會，就是絕不和電腦接觸，這一部分人，就必須遠離城市去生活，那就有可能在照明工具的選擇上，選用蠟燭、煤油燈、手電筒，等等。」

我點頭：「是啊，正如你們現在在做的那樣。」

小伙子昂起頭來：「那麼，電腦就可以早一步通知製造煤油燈的工廠、製造蠟燭的工廠、提煉煤油的煉油廠，從各方面預作佈置。譬如說，在煤油之中加進毒劑，使它在燃燒時放出毒氣，使人致死。」

當他說到這裏的時候，在微弱的燈光下，各人的神色，都十分難看。

他又用手指扣了一下煤油燈的玻璃罩：「也可以在玻璃罩的製造過程之中，加上毒劑，使得玻璃罩一受熱，就會有毒氣放射出來。」

各人都不出聲，我也被這小伙子的設想所震慄，一時之間，說不出話來。

小伙子所假設的一切，絕對有可能發生。

不要以為煤油燈這種照明工具，已遠離現代文明，可是它一樣在電腦的控制範圍之內。我也早有這樣的見解，這就是我為什麼剛才問他紮成火把的樹枝是用什麼工具砍下來的原因。

他的回答如果是「用刀砍下來的」，那麼鑄成刀的鋼鐵，在開採煉鑄的過程之中，就必然曾和電腦發生過聯繫，他也就不能完全擺脫電腦的控制。

而他的回答是用磨薄了的石片，那是石器時代人類使用的工具。

我立刻想到：是不是要回到石器時代，人類才能完全擺脫電腦的控制，才能完全逃離電腦的追殺？

成金潤喘了幾口氣，望向我：「剛才你提到了電筒，乾電池……電腦如果要在乾電池的製造過程中出點花樣，那太容易了，甚至可以使乾電池在使用若干時限之後，就發生猛烈的爆炸。」

剛才，成金潤慌忙把電筒拋開去的情形，大家都看到的，他這時說得十分認真——這時在這石屋之中的說話，可能會被一些人認為是杞人憂天，神經過敏，可是我們卻都十分認真。

一個身子在微微發抖的道：「那麼……我們即使是演習，也必須十分認真，一定要做到真正和電腦完全不發生任何關係。」

這個人的提議，立時得到了所有人的附和，成金潤道：「在未曾找到可以蔽體的，完全和電腦沒有關係的衣服之前，寧可赤身露體！」

各人都用力點頭，同時，又一起向我望來。我明白他們的意思是在問我是不是有意參加他們的行動！

我想了一想，才道：「我完全同意你們的設想，而且，事實也證明，電腦和人類的關係，正在十分迅速地逆轉。也必然會變成可怕之極的怪物，但是暫時，我還無意成為你們的一員。」

好幾個人同聲道：「你不把我們當作是神經過敏的瘋子，我們已經很感激了！」

我正色道：「你們是一群先知先覺者，能夠極早看出危機。不過我的做法，和你們略有不同，我想……盡一切可能的力量，來阻止這種危機的出現，而不是在危機發生之後如何逃生！」

我這一番話，可以說，說來很有些慷慨激烈，向電腦挑戰，並且準備作殊死爭鬥的氣概。

我以為，眼前這幾個人，年紀都很輕，應該很有鬥志，對我這番話會有同意的反應。

可是，情形卻大大出乎我意料之外，在我說完了之後，有兩個抱住了頭，一聲不出。成金潤望着我，一副木然的表情，那小伙子不住搖頭——竟沒有一個對我的話有同意的表示。

我稍停了一停：「各位認為沒有可能？」

成金潤陡然叫了一聲：「不，衛斯理，我以為你什麼都懂，原來你完全不懂電腦！」

我並不生氣，心平氣和地回答：「世上沒有什麼都懂的人，我也確然不懂電腦，我只是覺得，我們沒有理由，束手待斃！」

那小伙子一下又一下，鼓起掌來：「精神可嘉，比我們出色多了，我們只想如何逃得性命，已是萬萬大吉，因為——」

他略頓了一頓，才道：「因為我們，都懂得電腦——」

一個接了上去：「都知道人類和電腦相比較，相去實在太遠了！」

我不禁大是皺眉——我的性格是絕不屈服，不論在什麼樣的強勢之前，我都絕不想到屈服，反倒會激起我無比的鬥志。

這一點，在我過去的許多經歷之中，都有過十分鮮明的表現。

所以，我認為眼前這些人這種毫無鬥志的態度，十分窩囊，不值得同意，應該激勵他們一下。所以我提高了聲音喝道：「休得長他人威風，滅自己志氣！」

這是一句老話，自古以來，兩陣對壘，要激勵自己一方面的士氣，就必然不能長他人的威風！

而我這時，喝出這兩句話的時候，也確然十分威風，凜然有大將的風度。

可是，這些人的反應，奇怪之極。他們先是定定地看着我——明顯地表示絕不同意我的話。接着，每個人的口唇都掀動，都想說話而沒有說出來，這種情形不是他們想自辯，而是他們人人都知道我的話不通的原因，可是卻又不忍心說出來！

要作一個比喻，這時的情形，應該我是一個已經病入膏盲的人一樣，人人都知道我必死無疑，可是只剩下一口氣的我，卻還滿懷壯志，要和死神決戰一樣！

我明白他們的意思，冷冷地道：「人的行為，由他的性格來決定。在『伸頭是一刀，縮頭也是一刀』的情形之下，有人會伸出頭去捱那一刀，也有人會縮頭縮腦，可是一樣也免不了捱一刀！」

我的語氣之中，已有了十分強烈的輕視之意，他們互望着，個個神情不以為然。成金潤道：「我們的意見，略為不同，伸頭，必然要捱一刀；縮頭，有可能，雖然希望不大，但是總有希望，可以不必捱那一刀，我們現在所作的演習，就是在熟悉如何逃過那一刀！」

我提高了聲音：「苟活！」

那小伙子也提高了聲音：「人類全部滅亡，又有什麼好處？」

我再提高聲音：「強弱懸殊的情形，竟然糟到了這種地步？」

我這個問題提出了之後，有大約數分鐘的沉默，那小伙子才緩緩道：「接觸電腦專業的人，都知道情形糟到了什麼程度，這種糟糕的程度，除了使人千方百計逃命之外，不作他想——我們的成員，人人都是電腦學博士，就是這個緣故。」

成金潤補充：「普通……一般人，反倒不容易產生那麼強烈的恐懼……你知道，人在無比的恐懼之中，是會喪失鬥志的！」

從種種迹象來看，我也承認人類和電腦的關係，正在逆轉，我也感到十分恐懼，可是我實在無法想像他們的恐懼，何以到了這種地步！

我使我自己的聲音，聽來平和：「是不是可以具體一些，說明強弱到了什麼懸殊的地步——電腦，畢竟是人類製造出來的！」

一個從來也沒有開過口的人忽然冒了一句話出來：「原子彈也是人類製造出來的，結果怎樣！」

這個例子，可能有許多不合邏輯之處，在深思熟慮之後，可以逐點反駁，可是在當時的情形下，我卻啞口無言！

這個人又道：「人類製造出來的東西，可以毀滅全人類的，豈止電腦而已！」

那小伙子呻吟了一聲：「世界上所有的核武器發射，有哪一類不是交給了電腦控制的？」

石屋中又靜了下來。世上當然沒有人手操作發射的核武器！

根本沒有！

人類把這項工作，完全交給了電腦！

第十三部

知己知彼，百戰百勝

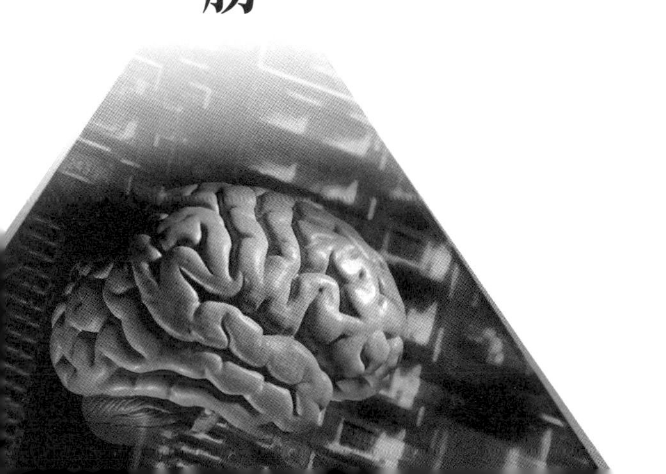

太空穿梭機有着三副主電腦，兩副備用電腦設備。

總共五副電腦設備，總不會出差錯了吧？可是，在通過了安全檢查之後，太空穿梭機在升空之後不久，就爆炸成為碎片。

這是全世界人都知道的慘劇，也極其明顯地説明了那是電腦的一次黑色謀害和破壞，可是，這種明目張膽的惡行，並沒有引起人類的警惕！

我吸了一口氣，又問：「是不是到了提醒人類……電腦已經到了十分可怕的程度的時候了？」

成金潤搖頭：「不，這個時機已經過去，來不及了，除非從現在開始，人類趕快熟悉如何逃命！」

我沒好氣：「好！你們可稱為逃命派，電腦強大到了什麼程度，你還沒回答我的問題！」

看來，好像所有人都想回答，成金潤舉起了手，大家就讓他説。

他道：「最近，一種新的小型信息處理設備，在美國空軍研究所出現，這種新的電腦，每秒鐘可以有五億次操作！」

他講到這裏，略停了一停，然後一再重複：「五億次！一秒鐘有五萬萬次操作！而它的體積，只有一副紙牌那樣大小——問題不在體積的大小，而是它的操作能力！」

我眨着眼，我知道「每秒五億次」是一個十分驚人的數字，但是概念不是十分具體。

成金潤吸了一口氣：「在這之前，高科技的電腦，每秒鐘的操作是四百五十萬次。而普通的家庭電腦，每秒鐘有一百五十萬次操作。」

他說到這裏，又停了一停。

我的聲音有點不自在：「一下子就把電腦的操作能力提高了一百多倍！」

大家都不出聲，過了一會，那小伙子才道：「說不定，過不多久，又有一種新的電腦面世，一秒鐘可以操作五百億次，又提高能力一百倍！」

成金潤補充：「非常值得注意的是，新型電腦的出現和產生，並不單是人類的力量。人類如果不利用原有的電腦設備，根本不可能產生新的、能力更強的電腦！也就是說，電腦的能力愈來愈強，根本是由於電腦的作用，電腦自己在一代又一代進化！」

我聽得有遍體生寒的感覺：電腦自己在進化！這種說法，十分駭人聽聞！我們平日常聽得使用電腦的人在說：「電腦已經進入第三代了，過一兩年，電腦第四代、第五代了。」可知電腦確然在進化，而且速度還十分之快。

一直都以為，那是人類在研究、改進的結果，幾乎全人類都這樣想。

而成金潤他們，卻提出了不同的看法，他們認為，電腦是自行進化的！他們的理論十分簡單——不使用第一代電腦，就絕不可以產生第二代電腦！離開了第二代電腦，人類也設計不出第三代電腦來……

自從第一代電腦出現之後，是人類在不斷改進電腦，還是電腦利用了人類在自行進化？

大家都不出聲，各人望向我，我也望向各人，煤油燈的燈光昏黃，可是我們每一個人的臉色都煞白——我知道我自己的面色和別人一樣，因為我的雙頰，傳來了一陣輕微的麻痹之感，那是失血的表示，而臉部失血的結果，自然是臉色發白。

我首先打破沉默，聲音十分軟弱，我問：「人腦……每秒鐘可以操作多少次？」

我這個問題一出口，就聽到各人發出的呻吟聲，我知道一定很令人沮喪。成金潤並沒有直接回答，只是道：「有一個人，被稱為數學神奇天才，他可以在一秒鐘之內，得出兩個八位數字相乘的積數，這已是普通人絕難做到的事了！」

我點了點頭，要在一秒鐘之內，得到兩個八位數相乘的積數，自然十分不簡單。

那小伙子道：「衛先生，請算一下，兩個八位數相乘，需要操作多少次呢？」

我一聽，就不禁也發了「啊」的一聲來——聽來十分類似呻吟聲。兩個八位數字相乘，需要操作多少次，只要會乘法的人，都可以很容易就計算出來，那是八八六十四次的乘，十六次的加，總共是八十次。一秒鐘八十次的操作，已經是神奇天才，普通人絕做不到的高難度。

可是，新出現的電腦，一秒鐘之內操作五億次！

八十和五億之比，相差超過六百萬倍！

那怎麼比較呢？刹那之間，我竟然也有「快點逃命吧」的感覺，因為強弱懸殊，實在太驚人了！

我的思緒紊亂之極，各種各樣的想法，紛至沓來。最突出的是，我突然想到了近代十分出色的中國青年數學家陳景潤，他在世界著名的數學難題「哥德巴赫的猜想」上，有舉世公認的突破。

陳景潤後來到美國去進修研究，然而他堅決拒絕使用電腦計算，而用紙用筆來計算，被研究所的其他人員視為怪物。

他不用電腦的表面理由，是使用電腦需要相當高的代價，而他用公費留學，不想太浪費公帑。這個理由聽來有點滑稽。

真正的理由是什麼？是不是這個數學天才，早已洞察了電腦的可怕？是不是他早已知道，人類依靠電腦的結果會十分悲慘，所以以他自己的行為，作為示範，在提醒人類的注意？

這位數學天才後來回到中國——用紙和筆，用人腦計算的效果，當然比不上用電腦，而且，出了意外，結束了他數學天才的生涯。

可以把他遭到的意外，當作是真正的意外。也可以把這意外，和連續發生的「電梯意外」聯繫起來看！

那小伙子看出了我的神情怪異，他駭然問：「衛先生，你想到了什麼？」

我把我想到的說了出來，各人都默然無語。

沉默並沒有維持多久，那小伙子的聲音有點發顫，他在說話前，大口呼一了口氣，令得煤油燈的燈火，也向上竄了一下。

這時，又有兩個人口銜着香煙，湊近煤油燈的燈罩，燃着了煙，冒起了一陣煙霧，使人在心情上更有騰雲駕霧的感覺。

那小伙子說的是：「衛先生，是不是還想聽一下人腦和電腦優劣的比較？這些數字，其實人類早已知道，可是卻一直沒放在心上！」

我點了點頭，那小伙子繼續道：「人腦的反應，最快是千分之一秒，而電腦的反應，最慢是百萬分之一秒！」

各人都眨着眼，我忽然想到的，不知是不是和別人的相同，但由於我一定現出了相當滑稽的神情，所以引得各人向我望了過來。

我所突然想到的，是在美國以西部開發為題材的電影場面。這種電影俗稱「西部片」，電影之中，常有拔槍互相射擊決戰的場面。

在這樣的場面之中，自然是反應快的人，必然佔上風！反應快，拔槍自然也快，快的人子彈已呼嘯而出，慢的人還來不及扳槍機，決戰的雙方，何者勝，何者敗，三歲小孩也可以答得出來。

如果是電腦和人腦也面臨這樣的決戰，是誰勝誰敗呢？再一次看看下列的數字：

人腦的反應，最快是千分之一秒。

電腦的反應，最慢是百萬分之一秒。

相差，至少是一千倍！

那小伙子至少知道我想到的是強弱相去太遠，他又呼了一口氣，聲音低沉：「再聽聽另一個數據：人腦神經細胞傳導速度，每秒鐘是一百公尺，電腦的電脈衝速度，每秒鐘——」

他說到這裏，略停了一停，才繼續：「電腦的電脈衝速度，每秒鐘是三十萬公里！」

我感到了一陣昏眩，一時之間，難以計算出兩者相差是多少倍。只是在一陣「嗡嗡」聲中，聽到有人道：「三百萬倍！」

對，是三百萬倍。

怎麼能和力量比你強三百多倍的敵人相抗呢？

自有對抗以來，雙方的強弱相差，有達到這種程度的嗎？那簡直不公平之極！

我開始明白何以他們說逃得性命，已是萬萬大吉的道理了！

過了好一會，我發覺有人向我遞過來一樣東西，我接在手中一看，不禁苦笑，原來那是一隻扁瓶子，是一小瓶酒！我打開瓶蓋，喝了一大口，皺着眉，那分明是自釀的土酒，烈而且澀。

遞酒給我的人道：「雖然難喝，可是有一個好處，沒經過電腦處理！」

我嘆了一聲，抹了抹口：「你錯了，你最多只能説，在釀酒的過程中，沒碰過電腦！」

那人瞪着我，我解釋：「釀酒用的糧食——」

他疾聲搶着説：「是我自己種出來的，沒有使用過化學肥料，澆灌的全是雨水，是我利用雨季的時候，積聚起來的。」

我揚了揚眉：「釀酒用的器具呢？」

那人道：「所有的木工具，都是我親自砍木製造的，可是……可是……」

他説到這裏，聲音漸漸變得低，終於，他嘆了一口氣，沒有再説下去。

我伸手在他的肩頭上拍拍，又喝了一口他釀製的，實在十分難以入口的土酒：「你總不能自己去挖鐵礦，煉了鐵來鑄造工具的，是不是？而且你看這瓶子，這玻璃瓶十分粗糙，可能是小廠的出品，這種小廠，現在可能還未曾使用電腦系統來管理，但到了人類真正需要逃難的時候，只怕沒有不使用電腦的工廠了——所以，真正要完全擺脱電腦，實在不可能！」

成金潤搖頭：「不必為這個問題爭論，逃不逃得脱，還是看逃的人的決心！」

我嘆了一聲，各人的性格不同，有人選擇逃，有人選擇抗爭，確然，問題的關鍵，不在於逃得脱還是逃不脱，而是逃與不逃！

我造訪成金潤，會有這樣的結果，自然是事先絕料不到的。我和各人握手，到我離開石屋的時候，我又說了幾句話，我道：「各位都是電腦的專業人員，對電腦了解很深，如今又發現了這樣可怕的危機，其實應該積極一些，至少，在大危機來臨之前，提醒人們，豈不是比只想幾個人逃亡的好？」

我的話一說完，所有的人，都笑了起來。不過，他們都笑得無可奈何，那小伙子道：「提醒人們？人們要是提得醒，早該醒了！」

那釀酒的喃喃道：「孫中山早就提出過『喚醒民眾』，過了那麼多年，我看中國民眾昏睡的多，醒的少之又少！」

我駭然失笑：「你這不是擬於不倫嗎？」

那位仁兄大聲道：「一點也不！群眾是提不醒，喚不醒，推不醒的！我們都一致承認這一點，所以才不作徒勞無功的努力！」

我攤了攤手：「人各有志！」

我掉頭向前走去，天色十分昏暗，走出了幾步，難免有腳高腳低之感，這時，有一個人追了上來，把點燃了的燈籠交給我。這個人講話最少，在把燈籠交給我的時候，也沒有說話。

剛好這時，我想到，有一個主要的問題，我竟然忘了問，所以我問他：「電腦有什麼方法，可以使人喪失神智，變成木頭人！」

這人有一張十分樸實的臉，他聽得我如此問，呆住了不出聲，其餘的人見我又不走了，所以又圍了上來，看來他們也十分享受和我談話。

我又把這個重要的問題重複了一遍，各人互望着，那小伙子遲疑地道：「根本沒有可能！電腦怎能令人喪失神智，不可能！」

他在說「不可能」的時候，神情駭然。我道：「是不是這種情形超乎你們的知識範圍之外？」

各人都不出聲，我又嘆了一聲：「看來人類對電腦所知實在太少了！」

那一直不出聲的，在這時冒出了一句話來：「不能直接，可以間接。」

各人都向他望去，他看來實在不願意多說話，向成金潤做了一個手勢。成金潤明白他的意思，道：「電腦可以用間接的方法，使人喪失神智。」

我忙道：「例如——」

成金潤在舉例之前，先解釋了一下：「我們已經就這種可怕的現象進行過討論，以下所說的是我們一致的意見，這可以說是一群電腦從業員的意見。」

我點了點頭，同時，也很明白他何以不自稱為「電腦專家」，因為事實上，沒有一個人是「電腦專家」，電腦玩弄了人類，人類被愚弄了！

他繼續道：「在電梯中發生的情形，要使人喪失神智，電腦可以間接行兇。大廈的供電系統是由電腦控制的，它可以把電壓提高，形成一股高壓電，通過電梯的鋼纜，傳送到電梯中去！」

我呆了一呆，因為我事先未曾想到會有那麼驚人的「舉例」。

我自然而然搖着頭，成金潤向我做了一個手勢，示意我先別打斷他的話頭，他繼續道：「高壓電會令人昏眩，會刺激人腦部的活動，使人喪失神智，使人神經錯亂，使人行動失常，如果電腦深明其中的奧妙，控制得宜，還可以藉高壓電的刺激，指揮人去做事，像推開電梯頂的小窗子爬出去，在電梯槽的底部匿藏起來，等等！」

他一口氣說到這裏，才停了一停，等我參加意見。我卻僵在當地，這時，唯一能做的事，就是用視線尋找那位釀酒的朋友，他一和我的目光接觸，就立時明白了我的意思，又把那瓶酒遞了給我，我大大地喝了一口，雖然思緒十分亂，可是還是把成金潤的話，迅速地想了一遍，也發現雖然他的話駭人之極，誰聽了都會感到極度的震撼，可是也都得承認，他那種可怕的說法，在理論上是可以成立的——可怕之處，也正是在這一點！

高壓電可以令人死亡，但是在某種情形下，會令人昏眩，這是普通的常識——雀鳥如果飛得離高壓電的輸送線太近，不必接觸到電線，也會因昏迷而下墜。高壓電對人腦的活動，肯定有影響，如果電腦懂得利用，自然可以輕而易舉，令人喪失神智！

那十二個在大廈中喪失了神智的人，是不是就是在這種情形下遇害的。

如果是這樣，那豈不是每一個——每天成千上萬在大廈電梯中上下的人，都可以成為被害的對象？電腦這樣做的目的又是什麼？是展示它的力量，還是對某種大規模行動的預演？

那口酒難以下嚥，但是酒精對人的情緒，總有一定的安撫作用。我定了定神：「謝謝你們的意見，我會再去進一步了解！」

各人都以十分悲哀的神情望着我。我曾稱他們為「逃亡派」，確然，他們的看法十分悲觀，或許這正是他們對電腦有一定程度的了解之故——例如兩陳曾要成金潤停止雙子大廈電腦系統的運作，成金潤就知道絕難做到，而普通人，則認為那是輕而易舉的事！

我的神情一定表示了一種和極度強大力量周旋到底的決心，所以各人雖然覺得我絕無成功的可能，但也十分嘉許我有這樣的精神，當我向前走去的時候，他們都跟在後面，一直跟到了我車子停放的所在，並且七手八腳，幫我搬開車上的樹枝。

當我進入車子之前，我和他們一一握手，成金潤道：「衛先生，今日一別，不知何時再見了！」

我聽出他語音中的傷感成分，忙道：「何出此言？」

成金潤道：「我仍感到，危機已經十分逼近——不能等到危機發生時才應變，那時太遲了，我們要立刻開始行動，去過完全不和電腦接觸、電腦害不到我們的生活。我們全體，已經有了這樣的決定。」

我吸了一口氣：「找一個人迹不到的荒僻之處，去過桃花源式的生活？」

那小伙子道：「可以説是這樣！」

我嘆：「這種生活方式，其實一直是人類理想中的社會，不管是為了避暴政，還是為了避電腦，行動的目的，都是完全一致的。確然，你們這一走，不知何時再見了。你們已選擇好目的地沒有？」

我最後那句話，本是隨口一問的，如果他們説沒有，那麼我可以提供建議，也可以提供幫助。可是我這一問，看到他們，都各有奇怪的神色，顯然是他們有了目標，但不想告訴我！

我打了一個「哈哈」，揮着手：「對，不必告訴我，我不是一個易於保守秘密的人！」

成金潤忙道：「我們……不是這個意思，是怕說了出來之後，你知道了，就有可能……也被電腦知道！」

他解釋了一會，結果仍然是怕我會泄漏秘密，我也不以為意，可是他還想再解釋，漲紅了臉，像是覺得十分難以啟齒。

我在他肩頭上拍了一下：「不必介意，你們有保持秘密的權利。」

成金潤終於把他要說的話，說了出來，他道：「我們是為了防ㄓ你和電腦的接觸期間，被電腦把你的記憶弄走，是指在這種情形下秘密的泄露，並不是由你說給什麼人聽！」

我一時之間，沒有聽明白他的話，反問道：「你說什麼？」

成金潤現出相當悲哀的神情：「你以為那些喪失神智的人，他們的記憶到哪裏去了？」

我一聽，頭頂之上，如同炸開了一枚大炮竹一樣，「轟」的一聲響，甚至連身子，都不由自主，晃動了一下！

我明白他的意思了！

我再也沒有想到，和成金潤他們的討論，可以一層又一層的深入，我已經就快和他們分手了，但是無意中的一句話，又引起了另一個層次更深的討論！

由於成金潤剛才所說的，更加驚人，我要定了定神，才能反問一句：「你的意思是，電腦攫走了……搶走了那些人的記憶……把他們的思想……據為己有了？」

所有人都十分自然地點着頭。

我無意識地揮着手：「電腦要人的記憶有什麼用？」

這個問題，居然是那個最不喜歡說話的人，立刻給了我答案。這位仁兄不愛說話，可是一開口，卻是言簡意賅！幾個字，就一針見血，把問題說得十分明白。

他這時說的，只有八個字：「知己知彼，百戰百勝！」

這句話，自小到大，我不知聽過幾千百遍，可是這時聽了，卻大有寒意！知己知彼，百戰百勝！

電腦雖然已經有了人類的一切知識——人類慷慨地把自古以來所累積的一

切知識，輸進了電腦之中，但是真正的一個人，思想運作的情況如何，電腦還是不知道的，為了知道這一點，電腦就必須掠奪人的記憶，目的是可以更有效地對付人類！

我一定是自然而然地身子在震動，所以那小伙子按住了我的肩頭，他沉聲道：「這種情形，在世界各地都有發生，尤其是在工作上接近電腦的，會無緣無故變得癡呆——所以我們認為全世界的電腦，是聯合起來在行動的！」

我直到這時，才勉強使自己的呼吸，暢順了一些，我由衷地道：「謝謝你們，真的，聽君一席話，勝讀十年書，我長了不少學問！」

成金潤苦笑：「我們都是自身難保的人，能給你什麼幫助，你太客氣了！」

我由於心情激動，所以上車之前，又再和他們一一握手，這才駕車駛去，思緒紊亂之極，我想到，陶氏集團的幾個重要人物的記憶、思想、知識，自然豐富之極，被電腦搶走了，自然對電腦大大有利，不知道是不是可以逼電腦把他們的記憶「吐」出來？但就算可以的話，只怕他們的記憶，也只能顯示在熒光屏上，而難以再回到他們的腦中，除非電腦願意那麼做。

我又想到，成金潤那批人，要躲到電腦根本接觸不到他們的地方去，如果成功了，有可能將來災難結束之後，他們這批人，就是地球上唯一的倖存者了！

我也想到，我這時駕駛的汽車，也有簡單的電腦設置，控制油量、記錄機件的運作暢順程度等等。而更複雜的電腦設備，正被應用在汽車上，例如自動認路的駕駛系統等等。這些電腦設備在設計的時候，自然都正常，可是當它們受了病毒的感染而起了畸變之後，又會變成什麼樣的怪物呢？會不會忽然之間，所有在行駛中的汽車，都由於大量汽油突然進入油缸（作用和用力踏下油門一樣），而變得瘋狂地在路上互相追逐碰撞？

這時，幸虧是凌晨三點多鐘，路上除了我一架車之外，別無其他車輛，不然，我一面想，一面駕車，只怕不等電腦作怪，我已經造成連環大撞車了！

車子直駛抵家門，我只覺得頭昏腦脹，心中在盤算，是放一缸熱水浸一浸呢，還是乾脆再大口喝酒，讓自己在醉意之中沉睡。

可是當車子停下之後，我就看到客廳中有燈光透出來，我下車，先向上跳動了一下身子，心中叫着：「要是白素回來了，那就好了。現在，我正需要和別人好好商量，除了白素之外，還有誰更適合？」

當然，我知道那只是我的希望，白素留在苗疆陪那個女野人，她替那女野人取了一個名字：「紅綾」，這兩個字的音，在苗語之中就是非人非猿的怪物之意，我不知她何以要這樣做，但是知道她絕不會半途而廢，也就是說，這時在裏面的，不會是白素。也就在這時，門打開，我看到門口，並肩站着一男一女兩個人。

第十四部

不入虎穴，焉得虎子

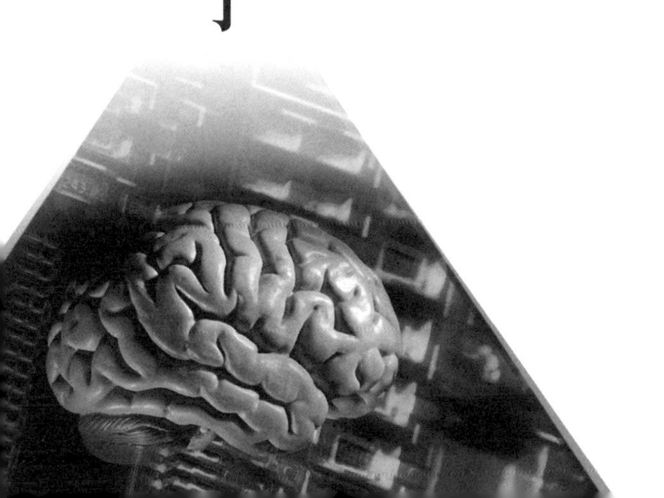

我不說站在門內的是兩個什麼人，而只說是一男一女兩個人，並不是由於他們背着光，我看不清他們的臉面。我一眼就看清了他們是什麼人，再熟也沒有。

可是，一看到他們，卻又有一股說不出來的陌生感，同時感到十分怪異。

為什麼會那麼奇怪？一說穿，就很容易明白，這一男一女兩個人，男的，是陳氏兄弟之一，女的，是良辰美景之一——老實說，我實在沒有法子分得出他們誰是誰來。

熟悉吧？當然熟悉。可是，也極陌生，因為平時見到他們的時候，陳宜興的身邊，一定是陳景德，良辰的身邊，一定是美景。

可是這時，他們的身邊，不再是慣常的人，而換了另一個，看來也就礙眼之至。而且，我立即可以知道，他們以這種形式出現，一定有非常的原因！

而且，他們兩人的神情，也顯示必然有事發生，他們的神情，又興奮又緊張又驚恐，複雜之極，我還沒有出聲，他們就一起叫我，我疾聲道：「怎麼只有一半？另外一半在哪裏？」

這句話問得十分怪，可是我眼裏的兩個人，自然明白，他們並沒有回答，只是各自把身子側了一下，使我可以看到屋子中的情形。

於是，我看到了他們的「另一半」，兩個人，不知道是陳宜興還是陳景德，不知道是良辰還是美景，並肩坐在沙發上。

一看到了這兩人，我竟然忍不住產生了一種極強烈的、想嘔吐的感覺，我立時伸手按住了胸口，這時我樣子一定十分可怕，以致站着的那兩個，駭然望着我。

坐着的兩個，那種一臉木然的神情，我絕不陌生——在電梯中變成了木頭人的那十二個人，就是這樣的情形！

那也就是說，兩陳和良辰美景，有一半，也變成了木頭人！喪失了神智。

這是什麼時候發生的事？為何會發生的？

剎那之間，我心慌意亂，雙手彈動，不知如何是好。

那站着的兩個——由於我分不清他們，所以敘述起來有點困難。那站着的兩個來到了我的身前，兩陳之一急急道：「衛先生，我們是故意的，我想，我們已經……接近成功了！」

由於和成金潤他們討論問題時，思緒已經夠亂的了，一路駕車回來，根本未曾平復，所以這時，他的話我也不是怎麼聽得慣。

我正想大聲喝問，陡然之間，我明白了！

他們是故意的！

他們早就有計劃分出一半來去冒險，因為他們互相之間，心意相通，一半在冒險，另一半安坐家中，也可以有冒險的經歷！

這本來是一個絕妙的辦法，可是他們一提出來，就給我否決了，我否決的理由是：如果一半在冒險中死亡，那不但代價太大，而且什麼也得不到！

看來，在我離開之後，他們就依照自己的計劃行事，而且「成功」了！

我坐了下來，喘了幾口氣，很有點感到自己的冒險精神，大不如前，然後揮了一下手：「在電梯裏？」

站着的兩人點着頭，不知是良辰還是美景：「我們分成兩部分，不斷地乘搭電梯——」

兩陳和良辰美景的計劃，雖然大膽，但也絕妙，而且，也只有他們這樣，心意互通的雙生子，才能實行。

而且，他們並不怕其中一半變成木頭人，因為有一批人，有能力使他們的記憶互通，兩陳就是通過了這種記憶互通而變成有一樣記憶的——這些過程，都記述在原振俠醫生傳奇故事《變幻雙星》之中。

我曾聽到良辰美景在問兩陳「聯絡到了那批人沒有」，自然是他們在作實行冒險計劃之前的準備，所以計劃也相當周詳。

而且，他們四個人，在一半搭乘電梯的時候，另一半就在管理室中，通過熒屏監視，四人都有默契，不斷加強思想上和電腦為敵的想法，在思想上強烈地表示，要消滅電腦，保衛人類。

我以下所敘述的，是他們在實行這個計劃過程中的情況，我把後來變了木頭人的稱為「那一半」，而把經過告訴我的，稱為「另一半」。

在管理室中監視的，當然是「另一半」。

另一半在熒光屏上，看着那一半在電梯中，雖然那是十分凶險而且詭秘莫測的冒險，可是在開始的時候，卻十分沉悶，另一半甚至感到眼睛因為盯視熒光屏久了，而有些刺痛，所以他們不約而同，一起揉了揉眼——這時，他們十分安慰，因為在電梯中的一半，也有相應的動作。

另一半會心微笑，互望了一眼，而也就在那一剎間，他們陡然有了一種難以形容的感覺——像是突然之間，感到了極度的疲倦，那種疲倦是陡然之際襲上心頭的，幾乎令人無法抗拒。

這時，另一半一方面運用自己的意志，努力和這種莫名其妙的疲倦相抗，一方面，仍然注視着電梯中的情形，因為他們都感到：電腦的進攻開始了！

他們看到，在電梯中的一半，情形顯然比他們要糟，那一半現出十分怪異的木訥神情，雙手扶住電梯的壁，那種神情，像是一個低能兒，正在接受什麼無可抗拒的指示，而且準備毫不猶豫地去執行！

當另一半叙述到這裏的時候，在我紊亂的思緒之中，陡然躍出「催眠」這兩個字來。

而正在叙述的另一半，也停了下來，叫：「在電梯中的一半，像是被催眠了！所以我們也感到了極度的疲倦！尚幸催眠只是向那一半施行，我們的感應是間接的——那種催眠的力量，一定強大之極，連我們也覺得……難以抗拒，當時的經過，想起來都心悸！」

在他們這樣說的時候，我自然想起了成金潤他們所說的，高壓電可以影響人腦部活動的假設。

那種強大之極的催眠力量，自然是來自由電腦控制的供電系統，向電梯放出了高壓電的緣故，那是一種什麼樣的電能放送方法？是通過空氣傳送的？還是通過電梯的金屬導電部分傳送？

我又想到陶啟泉曾說過的「巫法」，超強的催眠術，毫無疑問，可以屬於巫法的範圍之內。

另一半在熒光屏上所看到的情形是，那一半在電梯中，突然向上攀去，頂開了電梯上面的小門，以極快的速度，爬了出去。

一爬出了電梯頂上的小門，另一半就看不到那一半了，可是他們有感覺，感覺清楚之極，那時，疲倦已不再，代替的就是那種怪異之極，可是十分清楚的感覺，用他們自己的話來形容：就像是一個實實在在的夢！

那當然是由於那一半有了十分怪異的經歷，而另一半憑借他們先天的感應能力，所以也有了感覺之故。

另一半在敘述的時候，不住地互相補充着那種怪異的感覺，但經歷相同。用他們的話來說，是「進入了一個完全不可測的環境之中，有許多……力量在拉我們，在扯我們，也有許多力量向我們擠來，想把……我們分成許多部分。」

我駭然問：「什麼叫『想把我們分成許多部分』？」

另一半苦笑：「我們也不明白，請你相信，那確然是我們當時的感想！」

我也只好苦笑，可是愈聽他們說下去，就愈是駭然，他們竟然道：「那種力量……成功了，一下子把我們分裂，像是整個人都被掏空了，也像是人忽然到了另一個……空間……不再屬於自己！」

他們在說的時候，斷斷續續，用的詞句，聽來也詞不達意。他們自己也知道這一點，所以到了實在說不下去的時候，就神情困惑，向我望來。

我在他們開始敘述的時候，就已想到了成金潤的話：「那些喪失了神智的人，他們的記憶到哪裏去了？」

也想起了另一個人所說的「知己知彼，百戰百勝」。

所以，我可以作出推測：那一半的記憶，被電腦攫走了！另一半所感到的那種淩亂、怪異、陌生的感覺，就是人的記憶被攫走時的感覺——任何人都不曾有過這樣的經歷，自然難以用語言來表達！

我先把我和成金潤他們的討論內容，十分扼要地說了出來，然後才指着坐在沙發上的那一半：「他們的記憶，全被電腦攫走了，你們在感覺上有被分散之感，那可能是電腦一得到了他們的記憶之後，立刻就分門別類，納入了資料紀錄的緣故！」

另一半張大了口，他們原來並沒有想到事情會這樣，這時我一提出來，他們感到了極度的震撼，那是十分正常的反應。

兩人道：「這就對了，我們老感到那一半……不知道到什麼地方去了……就算現在，也是一樣，可是事實上，他們又明明在我們的眼前！」

我問明了情形——在看到那一半爬出小窗之後，另一半立即停住了電梯去尋找，結果和別的人一樣，在電梯槽處找到了他們。

和別的「木頭人」不同的是，另一半可以通過那批人的安排，得到那一半的記憶，使他們復原——自然，在復原了之後，他們四個人，都會保有那一半的記憶曾被電腦攫走了的紀錄。

現在的情形是：那一半兩個人的記憶，還有若干人的記憶，都已進入了電腦，成了電腦的資料一部分。全世界的電腦，必然會聯合起來，對人的記憶進行分析研究，以達到更進一步了解人類之目的！

我和另一半面面相覷，身上只感到一股又一股寒意，過了好一會，我才道：「你們的行徑，也太大膽了！」

另一半雖然臉色蒼白，可是回答得仍然十分勇敢：「不入虎穴，焉得虎子！」

我指着那一半：「他們的思想記憶，都進入了電腦，可以說是入了虎穴，可是那又有什麼作用？」

另一半一起吸了一口氣：「誰知道會起什麼作用？對電腦來說，人類的思想記憶是外來的特種資料，如果各種電腦病毒，會使電腦起畸變，那麼，人類的思想記憶，或許可以醫治病毒，消除病毒。」

他們說的，自然全是假設，可是也假設得十分合理。如果把電腦擬作人的身體，細菌（電腦病毒）侵入，人就有病變，需要注入藥物（人的思想記憶）來醫治！

當然，這種假定，必須先肯定人的思想記憶會和電腦病毒作對，若是兩者之間，反倒結合起來，狼狽為奸，那麼情形就更糟糕了！

我指着那一半問：「和那批人聯絡上了沒有？」

另一半道：「聯絡上了，我們準備見了你之後就啟程，不會有意外的。」

我顯得相當疲倦，可是我還是把見了成金潤之後的情形，又詳細說了一遍。

最後，我重複了成金潤的話：「太遲了，人類除了設想如何逃命之外，幾乎沒有什麼可做的了！」

另一半苦笑：「在管理室中，我們翻閱了不少有關電腦方面的書，可知道二十一世紀，電腦科學的大突破是什麼嗎？」

我嚇了一跳，但隨即發現，我不應該如此吃驚，因為電腦科學日新月異，在原有的電腦基礎下，每天都有新的突破！

另一半的話，說得很緩慢，可以表示他們的心情，相當沉重：「新的突破是『生物電腦』——用遺傳工程的方法，用超功能的生物化學反應，模擬人體的機能，處理大量的、複雜的信息。」

我眨着眼，心中只想到一件事：電腦絕不以現在的地位為滿足，它不知道還有多少花樣可以玩出來，簡直是為所欲為地在玩弄人類，而人類還以為那是自己的發明！

另一半在繼續敘述這最新的展望：「將來生物電腦的關鍵性部件是生物集成塊，體積小到了一個存儲點只有一個分子大，而記憶能力是普通電腦的十億倍。最大的設想是將生物電腦植入人腦——」

當他們說到這裏的時候，我直跳了起來，大喝一聲：「什麼？」

另一半想來早已經過了同樣的震驚，所以這時看來，他們竟比我鎮定得多，立時又道：「在生物電腦植入人腦之後，人就可以成千上萬倍增加記憶力，那時，智力會產生飛躍！」

我喃喃地道：「是人腦的智力，還是電腦的智力？」

另一半略停了一停：「還有一份資料說，下一世紀，電腦控制的機器人會面世，普遍使用，如同現在人類使用汽車一樣，這種電腦機械人的信號用光速傳遞，比人腦快一百萬倍！」

我長嘆一聲，心知到了這時候，就是比人類優秀一百萬倍一千萬倍的電腦，替代人類的時候了！

我也舉出了來自成金潤那裏的一些優、劣相比較的數字，大家沉默了片刻，另一半才道：「或許樂觀一點看，電腦程序最初是由人設計的……所以不會加害人類。」

我用力一揮手：「這種樂觀絕不存在，大廈的電腦管理系統，已經有能力攫取人的思想記憶，極度地傷害人，還能對之存在幻想嗎？」

另一半不再出聲，我走過去，抓起一瓶酒來，大口喝了一口，雖然那是陳年佳釀，可是我喝在口裏，和那種土酒，也沒有什麼分別，因為全身所有的感覺，都由於震撼而變得麻木了！

另一半壓低了聲音：「那就只好希望我們進入電腦的記憶思想起作用，能制止電腦的作怪！」

我瞪着他們，對他們有這種堅強的信心，表示佩服。我也忽然想起，那並不是沒有可能的事——美國康奈文大學的一個大學生，就曾向電腦輸入病毒，令得美國有超過六千台電腦癱瘓，包括了美國國防部的電腦系統在內！

他們的思想記憶，在進入了電腦系統之後，會起到什麼樣的作用，全然不可測，或許是好，或許更壞！

人類對電腦，已由控制而變成依賴，從依賴又不知不覺間被反控制的地步，那是人類的大錯誤。在電腦要進一步對付人類的過程中，是不是也會犯錯呢？

它攫取了人類的思想記憶，是不是一種錯誤？因為人類及思想記憶，是和電腦資料截然不同的兩回事，對電腦來說，也有可能是引狼入室，對它反而形成大大的不利！

看來，除了努力逃命之外，也只有把希望寄託在電腦自己犯錯誤這一點了！

另一半這時，扶着那一半站起來，向我告辭，我身子發軟，坐在沙發上，沒有起身。

他們要去找的那批人，是一個古老王朝的後代，在人的思想直接交流上，有着極其深刻的研究。

在四人來到門口時，我才道：「把人類和電腦的關係，以及我們的發現，我們所討論的情形，說給那批朋友聽，同時也聽聽他們的意見！」

在這樣說了之後，我不禁苦笑，又道：「只怕他們有那麼先進的研究成果，也絕少不了依賴電腦！」

另一半在這時，一起轉過身來，神情十分堅定，齊聲對我說：「我相信我們的思想記憶，進入了電腦之後，等於是埋下了無數定時炸彈！我們有這樣的感覺，因為我們思想上知道電腦會變成什麼樣的怪物！所以在電腦大舉作怪時，我們的思想記憶，就會出擊！」

我沒有什麼特別的表示，他們所說的是不是會成為事實，誰也不知道！

在接下來的日子中，整個城市中雖然有幾宗「電梯意外」，但看來並不像是電腦作祟，十二個木頭人毫無希望，陶啟泉雖怒也無計可施，人們還是每天在電腦管理的大廈中湧進湧出，每一個人的生活，還是都離不開電腦；父母會為了自己的幼兒學會了使用電腦而高興莫名，沒有什麼人會想到那是怪到絕頂的怪物！

譬如說，植入了生物電腦的，還是人嗎？不是人，又是什麼怪東西呢？請回答我！

（全文完）

衛斯理小說典藏版　62

怪 物

作　　者：　衛斯理（倪匡）
責任編輯：　黎倩雲　　陳桂芬
封面設計：　李錦興
出　　版：　明窗出版社
發　　行：　明報出版社有限公司
香港柴灣嘉業街18號
明報工業中心A座15樓
電　　話：　2595 3215
傳　　真：　2898 2646
網　　址：　https://books.mingpao.com/
電子郵箱：　mpp@mingpao.com
版　　次：　二〇二二年八月初版
I S B N：　978-988-8828-07-4
承　　印：　美雅印刷製本有限公司